RETOUR À ZORNHOF

DU MÊME AUTEUR

LES POÈTES NÉO-LATINS EN EUROPE DU XIe AU XXe SIÈCLE *(bibliographie)*, Manoir de Pron, 1988.

LOUISE MICHEL, LÉGENDES ET CHANTS DE GESTES CANAQUES *(présentation)*. « Editions 1900 », 1988.

LES FASTES DE BACCHUS ET DE COMUS OU HISTOIRE DU BOIRE ET DU MANGER EN EUROPE, DE L'ANTIQUITÉ À NOS JOURS À TRAVERS LES LIVRES *(bibliographie)*, Belfond, 1989.

UNE BIBLIOTHÈQUE BACHIQUE *(bibliographie)*, Loudmer, 1993.

AUGUSTE POULET-MALASSIS. UN IMPRIMEUR SUR LE PARNASSE *(bibliographie)*, Manoir de Pron, 1996.

NIL ROUGE, *roman*. Le Cherche-Midi, 1999 ; Gallimard Folio, 2000. Prix René Fallet.

PERA PALAS, *roman*. Le Cherche-Midi, 2000.

RAMAGES ET PLUMAGES, UNE PETITE CORRESPONDANCE ORNITHOPHAGIQUE AVEC JIM HARRISON, Manoir de Pron, 2001.

PALOMAS CANYON, *roman*. Le Cherche-Midi, 2002.

SALAMI, *Photographies de Hans Gissinger*. Woodstock Editions, New-York, 2001 ; Actes Sud / Le Rouergue. 2002.

LA VIE EST UN TANGO. *Chroniques musicales*. Flammarion, 2003.

GÉRARD OBERLÉ

RETOUR À ZORNHOF

roman

BERNARD GRASSET
PARIS

De ce livre il a été fait un tirage
de 30 exemplaires numérotés sur vergé,
réservés à l'auteur.

Pour Clémence Lingenheld,
en mémoire de Marie Kurtz-Dillenschneider

Pour que devienne un pays la contrée,
Pour apaiser de vent les peupliers,
Pour que les folles eaux me désaltèrent,
Pour que les feux changent en aliments
Les herbes et les fruits, les tenaces racines,

Pour allumer la nuit de sons et de lumières,
Pour conjurer d'un chant du coq le jour hostile,
Je nomme les lieux-dits ; je camperai sur place,
Je croiserai ma trace avec la faible piste
D'animaux très secrets, farouches, sédentaires,
Qui circulent de nuit.

JEAN MOGIN,
Maison partout

CHAPITRE 1

Voyage d'hiver

Fremd bin ich eingezogen
Fremd zieh ich wieder aus
Der Mai war mir gewogen
Mit manchem Blumenstrauss

Winterreise. Gute Nacht

Etranger je suis venu
Etranger je m'en retourne
Le mois de mai me faisait fête
Avec des bouquets à foison

Voyage d'hiver. Bonne nuit

IL ÉTAIT parti avant l'aube, comme un fuyard. En glissant la clef dans sa boîte aux lettres, il s'était dit qu'il aurait tout aussi bien pu la jeter au fond d'un puits. La veille, il avait brûlé un tas de correspondances, de carnets de notes, de manuscrits inachevés, des piles de paperasses et de documents accumulés pendant toute une vie. Il avait rédigé quelques instructions pour son éditeur et son notaire et réglé toutes ses factures. Les gens organisés appellent cela mettre de l'ordre dans leurs affaires.

Spontanément il était parti vers l'est. Il conduisait depuis des heures en écoutant en boucle le *Voyage d'hiver*. Les ultimes mélodies d'un musicien pour qui l'existence n'était plus qu'un voyage sans but à travers un monde figé dans une raideur hivernale, s'accordaient à l'humeur pérégrine de celui qui retournait une fois encore vers le plateau lorrain.

Entre Toul et Blamont son cœur se serra sans qu'il pût dire si son trouble tenait de la fascination ou de la répulsion. Un mélange des deux sans doute, une émotion complexe faite de nostalgie et de crispation, une sorte d'apitoiement brouillé par des agitations obscures.

Il découvrait qu'il avait toujours appartenu à ce pays, et qu'il lui appartenait encore. Il avait grandi sur ce plateau, l'avait fui adolescent pour n'y revenir que deux fois, à de longs intervalles, et si depuis longtemps plus personne n'attendait sa visite, l'homme gardait cependant en lui des traces primitives de ce sol de grès bigarré, de marnes irisées, de terrains salifères et carbonifères. Les entrailles de houille, de fer et de sel de ce plateau lui avaient peut-être forgé une nature à leur image : une âme charbonneuse, une trempe que n'épargne pas la rouille et un tempérament à se ronger comme la pierre sous le sel. Avec le temps il s'était un peu tassé, pour s'être frotté à d'autres climats, érodé sous d'autres vents, mais la mélancolie originelle demeurait toujours en lui. C'est à cette mélancolie, cette *Sainte Mélancolie*, qu'il devait presque tous ses livres.

Les écrivains sont des esprits compliqués, qui d'un rien font tout un plat. Ce que les autres ne remarquent même pas, ils s'en emparent et le montent en sauce, parce qu'ils ont en réserve un vieux lot d'épices et de recettes dont ils essaient de se débarrasser sur le papier.

Pendant des années, Henri Schott avait écoulé les siennes dans une dizaine de romans traduits en plusieurs langues. Aujourd'hui il appartenait à la volée d'auteurs ayant survécu à leurs ouvrages et ne conservait que quelques milliers de lecteurs. L'écroulement de la baliverne. Il était un homme des sentiments anciens, battant l'estrade dans une époque qui lui convenait de moins en moins. Peu soucieux de s'adapter aux mœurs nouvelles, il s'y intéressait cependant en spectateur narquois et s'en amusait avec une ironie douloureuse. « Il faut vivre avec son temps » clament les imbéciles. Un défi qu'il n'avait jamais voulu relever.

Il restait cependant un privilégié, car son

éditeur n'était pas un de ces maquignons qui sévissent dans une profession devenue marché. Le brocantage littéraire, la duperie des prix, les compliments officiels et les épigrammes à huis clos n'étaient pas son ragoût. Il aimait ses livres, continuait de les publier et lui foutait la paix. « Je préfère les livres qui se vendent mal aux auteurs qui se prostituent » lui avait-il confié un jour. Ce phénix était ce qu'on appelle un ami. Pour Schott l'amitié était une forme de repos, car elle lui permettait de faire l'économie de l'amour, un sentiment trop exclusif et bien trop épuisant pour une nature aussi instable que la sienne.

⋆

Il quitta la grand-route après Sarrebourg et le paysage lui devint de plus en plus familier : des carrefours dans la forêt, des clochers à bulbe, d'anciennes fermes, des maisons forestières, des écluses et les premiers reliefs vosgiens.

Depuis quelques jours il était hanté par cette contrée. Après vingt-cinq ans d'absence, un sournois mal du pays était venu troubler ses rêveries, une langueur qui insidieusement s'était changée en fièvre. Un appel envoûtant ressemblant de plus en plus à une sommation. Et maintenant qu'il était là, tout lui paraissait irréel. Il n'était ni d'ici, ni d'aujourd'hui. Ce pays n'était qu'une illusion, un théâtre de sa mémoire. Le mystère de ce paysage ne résidait que dans son imagination, car il n'y avait ici aucun lointain imprécis. Tout était net, les nuages compacts et les glacis de lumière flottant sur les cimes, les labours sous la rosée, la route impeccable épousant les vallonnements, les troncs livides des bouleaux comme des traits de craie sur les bandes sombres des sapinières. *Etranger je suis venu, étranger je m'en retourne...* Obsédé par la mélodie de Schubert, il avait rêvé l'hiver lorrain comme on rêve d'un pays imaginaire, inaccessible et pourtant familier.

Il ruminait sur la vanité de son pèlerinage, lorsque soudain apparut le panneau du village où il avait passé ses étés d'enfant.

⋆

Zornhof est un petit bourg forestier de la chaîne vosgienne au bout du plateau lorrain, à une vingtaine de kilomètres des cols qui dévalent vers la plaine d'Alsace. Avant l'automobile, c'était un lieu perdu car il n'était desservi par aucune gare. Les villes les plus proches étant trop éloignées pour des campagnards ne disposant d'aucun moyen de transport, les villageois de Zornhof avaient longtemps vécu repliés sur eux-mêmes. Ceux qui voulaient voir du pays fuyaient pour ne plus revenir, les autres prenaient racine, se mariaient entre eux et formaient une communauté à l'écart, avec tous les inconvénients de ce type de tribu : deux ou trois familles dominantes, petits industriels du bois et patrons d'activités artisanales, et deux cents foyers vivant difficilement, bûcherons, ouvriers de scierie, gardes forestiers, pauvres paysans de montagne, artisans, braconniers et pas mal de laissés-pour-compte, tous bons Lorrains, bons catholiques et pour la plupart alcooliques. L'église pour les femmes et les bistrots, jadis nombreux, servant de chapelles aux hommes.

Depuis son départ, Zornhof avait évolué. Les bourgs bordant la Vezouze qu'il venait de croiser entre Lunéville et Domèvre avaient conservé leurs vieux crépis de ciment gris et semblaient dépeuplés, réduits au chômage, comme des villages fantômes où survivent quelques vieux et certains moins âgés mais n'ayant ni le courage ni les compétences pour émigrer vers les villes. Après la guerre tous ces patelins grouillaient d'une population exubérante et active, arborant devant les maisons des fumiers triomphants. En ce temps-là on estimait la prospérité des paysans à la taille de leur fumier. Finis les kermesses, les processions, les bals populaires et les orphéons d'antan quand régnait ici une société villageoise pas encore malmenée par l'industrialisation.

Zornhof, en revanche, grâce à un environnement de forêts, de vallées et de rivières, grâce aussi à quelques monuments historiques, avait échappé à cette désolation et s'était changé en petit lieu touristique coquet inscrit au circuit des randonnées vosgiennes. Les efforts d'élégance déployés dans le canton se manifestaient surtout par le coloriage des façades, navrante débauche chromatique de jaune canari, bouton d'or, safran, mirabelle et caramel, une véritable épidémie de jaunisse aggravée par d'autres horreurs polychromes allant du sorbet cassis au rouge dégueulis d'ivrogne, en passant par le bleu myosotis, le bleu électrique, le bleu paon et le bleu canard, le rose bonbon, le lilas et le violet, le tout enluminé en été par une profusion de géraniums roses et rouges et de pétunias mauves.

Zornhof n'avait pas échappé à cette récente mode de barbouillage sans doute lancée par une mafia de peintres en bâtiment et de marchands de couleurs. En retrouvant les vieilles maisons ainsi grimées, Schott crut voir des amies d'enfance qui, pour masquer rides et patine, s'étaient fardées en clownesses.

Il se gara place de l'église, et lorsqu'il s'engagea dans la ruelle escarpée qui grimpe vers la colline, il eut le sentiment d'être à des siècles de ce qui se passait ici. Pourtant le paysage lui demeurait familier. La chaussée était goudronnée. Lorsqu'il l'avait empruntée pour la dernière fois, elle était encore pavée. A cette époque, il avait fait le voyage pour une dernière visite à celle qui lui lançait des pierres lorsqu'il était enfant.

CHAPITRE 2

Baba

Kommt mir der Tag in die Gedanken,
Möcht ich noch einmal rückwärts sehn,
Möcht ich zurücke wieder wanken,
Vor ihrem Hause stille stehen.

Winterreise. Rückblick

Lorsque ce jour me revient en mémoire
Oh ! Combien je voudrais regarder en arrière,
Retourner là-bas, chancelant,
Pour me recueillir devant sa maison.

Voyage d'hiver. Souvenance

A VINGT ans il était persuadé que la vie lui devait des compensations et qu'il les trouverait en allant voir du pays. Aussi, le jour de sa majorité légale, sans un mot pour l'administration qui l'exploitait ni pour son restant de famille, avait-il décampé de Metz, comme un jeune chien libéré de sa chaîne. Avec Virgile, Baudelaire, Hölderlin, *L'Homme sans qualités* et les *Scènes de la vie d'un propre-à-rien* dans son sac, il avait pris le large, la tête farcie de refrains des compagnons errants du romantisme allemand dont il se croyait un frère tardif.

Dix ans plus tard, peu après la parution de son premier roman, il était cependant retourné en Moselle, un jour seulement, à cause d'une lettre arrivée à l'adresse de son éditeur.

★

La gare de Metz n'avait guère changé depuis l'année scolaire interrompue pour cause de *Wanderlust.* Les allées voûtées qui mènent au buffet ont réveillé des pensées crépusculaires, celles des fins de journée de novembre lorsque dix ans plus tôt il arpentait ce hall pour ne pas dormir seul. Enervé, le ventre creux, il avait plus d'une fois succombé aux tentations tarifées qui prospéraient aux abords de ce fleuron d'architecture prussienne. Le salaire de maître auxiliaire ne lui permettait alors que des pirouettes bon marché avec « de pauvres créatures au plaisir essoufflées ». Sa ferveur baudelairienne et son attirance pour le morbide trouvaient largement leur compte dans ces accointances avec la « débauche aux bras immondes ». A cette époque, Schott était un poseur solitaire et dédaigneux, qui ne posait d'ailleurs que pour lui-même. Il jouait au Narcisse noir et cultivait le vague à l'âme comme d'autres élaborent des plans de carrière. Cajoler sa déprime, l'alimenter avec des denrées licites ou illégales lui tenait lieu d'art de vivre.

Une porte du grand café de la gare annonçait toujours un salon Verlaine, gloire locale et poète saturnien. « Fils de Saturne, moi aussi », se disait-il en évoquant le buveur d'absinthe. Cette façon de formuler son pedigree n'était aucunement le fruit d'une croyance en un déterminisme astrologique. Né de père inconnu, il jugeait l'appellation *fils de Saturne* moins prosaïque qu'*enfant de putain*. C'était un garçon cultivé, qui avait « fait ses humanités » comme on disait au temps de messieurs Bailly, Gaffiot et Bizos.

Lorsque sa mère avait pris un « ticket simple » vers un monde prétendu meilleur, il n'avait que dix ans et la moitié d'un automne. Survivre à un deuil aussi accablant que le suicide d'une mère lorsqu'on a encore ses dents de lait, mais ni père ni frangins, tient de la performance. Longtemps il vit le monde avec des yeux embués. « Si Dieu était une femme il ne permettrait pas de pareilles saloperies », se disait l'orphelin peu initié aux consolations que la foi apporte à certains déshérités.

Le collège où il fut enfermé avait aggravé son cas, car on le gava de littérature, un fertilisant des plus nocifs pour les âmes tristes. Sa vie eût sans doute été différente si l'institution avait privilégié les matières « modernes », celles qui aident à grimper vers les sommets où se bousculent les ambitieux.

Henri ne nourrissait aucune ambition. A la fin de son adolescence, il n'était pas même un homme de désirs. Imberbe, il avait déjà le sentiment d'avoir fait son temps. Au bout de six années à étudier les classiques dans un pensionnat d'un autre âge, il avait tiré sa révérence aux Révérends Pères qui ne demandaient qu'à l'introniser dans la congrégation, et lorsqu'il se retrouva sur les pavés du monde profane, il comprit très vite qu'il ne pourrait évoluer que dans les marges. Pour ce triste, le bonheur consistait à fanfaronner, en scandant dans sa version originale un distique latin de Grotius qu'il avait découvert au bas de l'allégorie de la *Mélancolie* de Dürer, deux vers évoquant l'*atra bilis,* cette « bile noire, la plus terrifiante des maladies, qui vous ronge l'âme et réduit à néant toutes les forces et tous les talents ».

Pour financer ses études il avait vécu

d'expédients, petits boulots et aussi de quelques bricolages dans la transgression, un vivier romanesque des plus fertiles. Le romancier se souviendra des expériences funambulesques de ces années d'apprentissage. A Metz il s'était essayé à l'exercice d'un métier en faisant psalmodier les déclinaisons parfumées de *rosa, rosa, rosam* à une classe de lycéens. Incapable de respirer dans un système hiérarchisé, il avait fugué une fois de plus pour « monter » à Paris, persuadé que son spleen gagnerait en intensité dans les grandes villes.

★

Une fois de plus, il déplia la lettre postée de Zornhof, quelques lignes sur un feuillet de cahier d'écolier rédigées en mauvais allemand par une femme née avant que l'Alsace et la Lorraine ne redeviennent françaises. La signature réveilla des souvenirs de tartes aux myrtilles et de gâteaux au fromage blanc. « Tâche de revenir au village, disait la lettre, tu as toujours été son préféré. Elle va mal, je crois que c'est bientôt la fin. Elle prononce souvent ton nom. L'autre jour encore elle m'a demandé : que devient Riri ? Est-ce qu'il m'a oubliée ? » Depuis très longtemps on ne lui avait pas donné ce petit nom. Elle seule l'appelait ainsi. Sa mère l'avait baptisé Henri, un prénom qui le fit grincer lorsqu'il entendit pour la première fois la chanson de Bruant :

Sa maman qu'avait pas d'mari
L'appelait son petit Henri

A la Bastille on l'aurait peut-être breveté *La Filoche*, mais dans le village alsacien où sa mère s'était réfugiée après sa naissance, il était le bâtard ou le corniaud, des appellations propres à forger des tempéraments ombrageux.

Un matin de lessive, le curé du village s'était pointé au lavoir. « Pourquoi ce garçon ne vient-il jamais au catéchisme ? Madame, n'oubliez pas qu'il est enfant du péché. Ce pauvre agneau doit rejoindre le troupeau du Seigneur ! » Ce genre de métaphore fleurissait encore dans le bas clergé alsacien pendant les folichonnes années cinquante. Henri qui n'avait que sept ans ne saisissait pas la portée mystique de cette parabole ovine, car la pécheresse l'entraînait plus souvent dans les bistrots qu'à l'église. Trois ans plus tard, lorsqu'on décrocha la mère du pommier, le même exorciste lui refusa les funérailles chrétiennes. Quant à « l'enfant du péché » l'occasion parut propice pour le caser dans la bergerie. Avec le consentement des grands-parents, le calotin dégota l'idoine pensionnat.

★

Le mauvais café, la grisaille du hall et des galeries, les circonstances de son retour, la nausée qui sournoisement faisait remonter son cœur, les visages tirés des bidasses et des gueux assoupis dans la salle d'attente, flanquèrent à ses retrouvailles avec la ville un sacré coup de bourdon. Ce matin-là, l'atmosphère de la gare de Metz était aussi folâtre qu'une estampe de Käte Kollwitz.

En sortant de la gare il n'était pas d'humeur à chanter *bonjour, bonjour les hirondelles* en faisant pirouetter son sac de voyage. Levé avant l'aube dans un Paris pluvieux, incapable de dormir dans le train, il avait essuyé quatre cents kilomètres de paysages désolés à travers la Champagne, l'Argonne, les plateaux de la Meuse et de la Lorraine. L'estomac au bord des lèvres, il s'apprêtait à retrouver une agonisante laissée sans nouvelles depuis des lustres.

★

D'autres que lui auraient trouvé la ville embellie par les travaux réalisés en son absence, et devenue une cité agréable, fleurant la prospérité. Hélas, n'ayant pas été couvé par la famille Pinson, un rayon de soleil sur une pelouse fleurie ou sur des façades ravalées ne suffisait pas pour le faire gazouiller. Pour dramatiser un peu plus la navrance du jour, il décida de revoir son ancien faubourg, un quartier populaire qu'à l'époque il appelait la Médina. Il avait gîté dans ce secteur parce que les loyers y étaient modestes et que le coin abritait une importante communauté maghrébine. Lassé des yeux clairs et des blondeurs lorraines il se payait le Maroc, l'Algérie et la Turquie pour le prix d'un thé ou d'un couscous. Il fraternisait plus volontiers avec les buveurs de thé qu'avec les panses à bière. Corriger des copies avec des chansons d'El-Atrach, Leïla Mourad ou Abdel Halim Hafez plutôt qu'avec les rengaines françaises, c'était du mirage, du jasmin et des palmiers pour pas un rond en pleine grisaille de l'hiver mosellan.

Les repas étaient souvent offerts, car sitôt qu'on le vit avec un stylo, il fut embauché comme écrivain public. Le marginal se sentait en famille parmi ces exilés. Sa vie, alors, ressemblait à une brande dans les ténèbres. Il devait aux Arabes du quartier Pontiffroy quelques belles éclaircies.

Il ne faudrait jamais retourner sur les lieux qui abritent de bons souvenirs, car la confrontation peut vous flanquer un coup de vieux et déclencher de nouvelles raisons de se lamenter.

Henri Schott ne retrouva plus sa Médina. Le secteur avait été rasé, « réhabilité » comme dit le stupide euphémisme des promoteurs et décideurs en matière d'urbanisme. Est-ce que certains quartiers sont des erreurs judiciaires pour qu'il faille ainsi les blanchir, les racheter ? Tout comme leurs habitants, sont-ils fichés au registre de la délinquance en vue d'un programme de réadaptation ou de réinsertion ? Devant les pelouses impeccables, les réverbères, les vasques de fleurs et toutes les horreurs qualifiées de *mobilier urbain*, son spleen vira au rouge.

Qu'étaient devenus les buveurs de thé du Café d'Alger et tous ceux qui avaient confié à sa plume les espoirs et les chagrins qu'ils voulaient partager avec les parents des Aurès ou de l'Atlas ? En songeant à ces hommes disparus ou chassés vers les périphéries, lui revinrent en mémoire les vers de Saadi : « Quand nous serons morts, le printemps continuera de parer la terre des roses que nous admirons aujourd'hui. »

Il retourna à la gare, loua une voiture et prit la route pour Zornhof.

★

Zornhof aussi avait changé d'aspect, non dans sa configuration – car le village avec ses quatre rues principales ressemblait toujours à une croix de Saint-André –, mais dans sa physionomie. Dans son enfance, c'était un pauvre bourg de montagne. Les femmes y cultivaient quelques acres de potagers et de prairies à fourrage, de quoi nourrir la famille, quelques poules et lapins, des cochons et, plus rarement, une couple ou deux de vaches laitières. Pendant les heures creuses, elles s'esquintaient les yeux à broder des perles et des paillettes sur de petits métiers qu'elles installaient devant leurs portes dès les beaux jours. Une dynastie de négociants du village avait introduit cette artisanerie qui se transmettait de mère en fille depuis la fin du dix-neuvième siècle. Les broderies étaient payées trois sous, puis revendues avec un confortable bénéfice aux grands couturiers. Le grossiste était un des rares bourgeois du patelin à rouler en berline. On prononçait son nom avec la révérence accordée aux maîtres sous l'Ancien Régime. Depuis des générations, cette famille régnait avec une autorité monarchique. On y devenait bourgmestre héréditairement, avec l'agrément trompeur des urnes de la République. Quand les robes du soir boudèrent perles et paillettes, la souveraineté de ces exploiteurs s'écroula. Le dernier héritier dilapida le patrimoine dans la débauche et l'alcool et mourut célibataire dans un asile d'aliénés en buvant de l'eau de toilette et en dessinant sur les murs des femmes nues avec sa merde.

★

Les maisons de grès rose étaient couvertes d'ardoises et les façades exposées aux intempéries habillées de bardeaux. La fabrication des bardeaux en bois éclatés à la hachette était autrefois une des occupations d'hiver des hommes du canton. De rares habitations gardaient encore cet aspect, mais sur la plupart des maisons l'ardoise en éternit avait remplacé les bardeaux. Maintes façades étaient crépies et défigurées par des vérandas, des barbecues et autres verrues décoratives, avec le mauvais goût caractérisant les aspirations au chic et propre d'une classe moyenne qui renie l'héritage plébéien de ses grands-parents. A Zornhof comme partout, la moderne forme d'asservissement que l'on appelle progrès avait changé les harmonieuses demeures des humbles en ridicules chacunières bourgeoises.

★

Henri laissa la voiture sur la place de l'église pour grimper la ruelle du château qui conduit vers la maison de ses vacances d'enfant. Là au moins rien n'avait changé. Il retrouva le pavage irrégulier sur lequel il s'était plusieurs fois étalé avec le bidon de lait quand sa grand-mère l'envoyait en livraison. La venelle tortueuse qui, en marge des quatre larges rues commerçantes et résidentielles, grimpe vers les pâtures et la forêt, ne convenait pas encore à ceux qui tenaient à déployer leurs misérables superflus.

Ici ne survivaient que les vieux et des pauvres dont les mœurs n'avaient sans doute pas évolué durant les vingt dernières années. Quelques rideaux en macramé avec décors de paons et de paniers de fleurs s'écartèrent discrètement sur le passage du petit-fils prodigue. Une vieille vêtue de noir, ridée comme une pomme oubliée au four, surgit de sa tanière sous le prétexte d'appeler son chien.

— Philax, où es-tu ? Veux-tu rentrer, sale chien !

Henri salua en dialecte cette inquiétante Euménide qui ignorait certainement que le nom de son molosse signifiait *gardien* en grec. Autrefois de nombreux toutous d'Alsace et de Lorraine s'appelaient Philax, le nom désignant la fonction par une tradition sans doute héritée de l'humanisme. Philax était aussi commun dans ces provinces que Médor chez les « Français de l'intérieur ». La vieille répondit à son salut en grommelant. Il croisa aussi quelques trognes bouffies par l'alcool, des malheureuses dont l'échine avait essuyé plus de roustes que de caresses. Certaines veinardes échappaient à ce sort grâce à un précoce veuvage, ainsi la femme qui lui avait envoyé la lettre, la remarquable pâtissière de son enfance. Elle le reconnut dès qu'il s'avança vers elle dans le minuscule potager où elle déterrait ses poireaux.

— Henri, c'est toi ? T'en as mis du temps ! Elle vient de s'endormir. J'en profite pour faire ma soupe. Tu retrouveras bien la maison tout seul ? Elle sera vraiment heureuse de te revoir après tant d'années.

En gravissant la colline son cœur se serra de plus en plus, au point qu'il dut s'arrêter plusieurs fois pour reprendre son souffle. L'odeur du patelin lui revint intacte, un mélange douceâtre d'effluves de bois scié, de purin, de lisier de clapier, de chou cuit, de résine et d'égout.

Il songea à toutes les fadaises que la littérature avait forgées depuis le dix-huitième siècle sur une vie rurale « belle comme l'antique », donnée comme exemple moral. L'existence campagnarde utopique, une Arcadie peuplée de pâtres courageux et de vertueuses bergères. Les trumeaux des salons bourgeois ornés de scènes pastorales suggérant le paradis perdu, toutes les foutaises sur l'innocence des paysans et leur supposée sagesse. Pour y avoir pataugé un temps, Henri voyait les choses autrement, car cet univers était tout le contraire de la paix. Là se déchaîne la brutalité des passions. C'est là qu'il a rencontré les types les plus cinglés et peut-être les plus intéressants, parce que la rudesse de leur existence avait éloigné ces individus de toute forme d'inféodation à un quelconque système religieux, politique, économique ou moral. Au milieu du vingtième siècle, dans les forêts de cette région, il arrivait encore que des bûcherons fous furieux se battent à la hache, comme aux temps épiques et barbares. Les règlements de compte sanglants entre braconniers et gardes-chasse abondent dans les très riches heures du canton.

La geste épique virait parfois à l'attraction.

Sous les acclamations des gamins excités par le spectacle, un poivrot de cette tortille avait un jour découpé la porte du domicile conjugal à la tronçonneuse.

Plus que le tableau des masures et des rescapés, ce fut l'odeur de la ruelle qui lui rappela le garçonnet trottant jadis sur ces pavés. A chacun sa madeleine ! Celle de Henri Schott ne se trempait pas dans l'earl grey proustien. C'était une grosse fillette un peu hydrocéphale et déjà tétonnière à l'âge de dix ans. Elle s'appelait vraiment Madeleine et ne portait jamais de culotte. Lorsqu'ils jouaient à saute-mouton, elle invitait avec candeur les garçons à fourrer leurs doigts dans ce qu'elle appelait sa tirelire. Cette Madeleine dépassait ses camarades de plusieurs têtes. Henri la trouvait belle comme la fillette géante du Nideck, une héroïne d'un conte local longtemps colporté par les almanachs.

Plus haut vivait autrefois l'idiot du village. Le bruit courait que son père était aussi son grand-père. Les appareillements incestueux étaient courants dans cette réserve, car beaucoup d'épouses, fatiguées d'avoir toujours le même pochetron sur le râble, fermaient les yeux quand celui-ci traitait ses filles comme le faisaient les Tartares, si l'on en croit le baron de La Brède dans *L'Esprit des lois*. Notre simplet était un malheureux d'une trentaine d'années, pâle et toujours mal rasé, avec la mâchoire de traviole et de gros yeux avides d'un noir profond. Il était un peu exhibitionniste, mais totalement inoffensif. Tout petit, lorsqu'il lui fallait passer devant sa tanière, Henri tremblait comme à l'approche d'un chien dangereux. Il se faisait alors très discret, avançait à pas hésitants pour vérifier si l'individu rôdait dans les parages, avant de filer ventre à terre pour quitter son champ d'action. En grandissant il eut de moins en moins peur de lui, au point même de rechercher sa compagnie, car l'homme était drôle, doux, et joueur comme un chien des rues. Cependant, une crainte mêlée d'attirance obscure fascinait l'enfant. Truman Capote élucide à sa façon ce mystère : « Les faibles d'esprit ont, comme les névrosés, les criminels et peut-être les artistes, une sorte d'innocence pervertie et quelque chose d'imprévisible. »

Aujourd'hui les volets de la masure délabrée étaient clos, le perron envahi de mauvaises herbes. Où était l'habitant ? Sans doute au cimetière, ou dans un asile, car de nos jours les innocents de cette espèce sont jugés nuisibles par une société qui fait tout pour masquer les preuves de ses propres tares.

En approchant de la maison familiale, une autre scène lui revint en mémoire. A la fin des vacances, lorsque sa mère venait le reprendre, la grand-mère pour ne pas pleurer jouait à chaque fois une petite comédie de rue qui enchantait le petit garçon comme une scène de guignol. L'aïeule gesticulait en feignant la colère : « Va-t'en, sale garnement ! et surtout ne reviens jamais ! Je t'ai supporté tout l'été, petit voyou ! » Puis elle se baissait et ramassait des cailloux qu'elle lui lançait comme à un chien. C'était rituel. Chaque année l'enfant se régalait de cette comédie. Au moment des adieux il insistait : « Baba, tu vas me lancer des pierres, surtout n'oublie pas ! »

Le jour du départ, le vieux était introuvable. Il avait jeté sa fille enceinte à la rue et ne lui avait jamais permis de remettre les pieds à la maison. Il disait « quand l'autre viendra d'Alsace... » comme il aurait dit « quand la lépreuse viendra de Tombouctou » ou encore « quand la putain viendra de Babylone ». Pour ce cafard vosgien, une fille mère était une créature du diable et son rejeton le fruit du mal.

★

La maison était intacte, tout comme l'atelier qui prolonge l'habitation. Mais le hangar en bois qui empiétait sur la chaussée avait disparu. Sur l'ancien emplacement du fumier se dressait en miniature une reconstitution de la grotte de Lourdes, avec la Vierge et mademoiselle Soubirous en plâtre peint, des cierges et des vases garnis de fleurs artificielles. Une spécialité locale indémodable. A Zornhof on a toujours édifié des Massabielles. La commune en comptait trois officielles érigées grandeur nature, l'une derrière l'église, une autre dans la forêt et la troisième à mi-pente d'une colline au sommet de laquelle se dresse le calvaire. Dans les enclos privés aussi, des ribambelles de madones et de bergères fraternisaient avec les nains de jardins, les cigognes, les biches et les faons.

★

L'atelier était figé sous un sédiment de poussière, de sciure et de toiles d'araignées, comme si la vie s'était arrêtée sous la magie soporifère d'une fée. Le vieux avait avalé sa chique, rabot en main, dix ans plus tôt, mais Henri avait séché les obsèques. N'ayant pas eu le temps de se comporter en mauvais fils, il s'était rattrapé dans le rôle de petit-fils indigne. Après le collège il aurait pu se réfugier chez ses grands-parents, mais les années de vie communautaire avaient détruit ses illusions sur toutes les variétés de bercail.

Il caressa les vieux outils qui chômaient dans la poussière sur l'établi. Au milieu de l'atelier le grand poêle noir en forme de cylindre qui marchait aux copeaux n'était pas vidé de ses cendres. Sur un mur, parmi d'anciennes plaques émaillées publicitaires, jaunissait une coupure du *Républicain lorrain* relatant les noces d'or de ses grands-parents. Une photographie montrait le couple entouré de ses enfants et d'une flopée de petits-enfants. Bien que vivant à Metz au moment de ce jubilé, Henri ne s'était pas déplacé pour la fête. Il essaya de mettre des noms sur des visages qui lui étaient devenus totalement étrangers. A part l'oncle Gus, le benjamin de la couvée Schott, un olibrius complètement asocial, il ne reconnut personne.

La porte arrière de l'atelier menait au potager. Le mur de clôture présentait de larges brèches, mais il fut ému en voyant que sur son faîte les joubarbes prospéraient toujours. Enfant, ces plantes grasses lui apparaissaient comme des raretés exotiques, car elles ne poussaient pas dans les villages de la plaine. Leur faux air de cactus lui rappelait les agaves et yuccas du Far West des récits illustrés de Karl May. Oublié aujourd'hui, cet épigone de Fenimore Cooper et de Gustave Aimard avait enchanté la jeunesse pendant plus d'un siècle avec ses aventures de Peaux-Rouges. La petite bibliothèque du salon renfermait une douzaine de ses livres. Les jours de pluie, Henri passait des heures à en copier les illustrations. A la fin de chaque été, en signe d'amitié pour l'Apache Winnetou et son ami Shatterhand, il emportait quelques joubarbes dans un pot pour qu'elles lui tiennent compagnie jusqu'aux vacances suivantes. Ce jour-là, avant de quitter le potager, il détacha deux joubarbes et les glissa dans sa poche, en souvenir de son enfance.

*

La porte d'entrée n'avait toujours ni sonnette ni heurtoir. Comme jadis, elle n'était pas verrouillée pendant la journée. Le couloir sentait encore le lait caillé, le chou cuit et l'encaustique. Henri inspecta la cuisine, un office flanqué d'une souillarde, faiblement éclairé par une seule fenêtre devant laquelle s'élevait un sombre mur de grès moussu. La rue ayant été creusée dans le flanc d'une colline escarpée, toutes les habitations de droite se trouvaient adossées à ce relief. Seule nouveauté dans ce réduit quasi troglodyte, l'indécente blancheur d'un réfrigérateur. Infraction récente sans doute, car le vieux n'aurait jamais toléré l'intrusion d'un tel zinzin sous son toit. N'ayant jamais cru au progrès dans le domaine des arts ménagers, il n'avait consenti à l'installation électrique que pour des motifs professionnels. Les autres fantaisies n'avaient aucune place dans un foyer où le beurre clarifié et le saindoux se conservaient dans des pots de grès de Betschdorf, où le cochon séchait au plafond et marinait dans le saloir, où la choucroute et les raves aigres se bonifiaient dans les tonneaux. Le reste se consommait frais ou ne figurait pas au menu. Purées de pommes de terre brunies dans la poêle et servies avec du lait froid, échines de porc mijotées avec des choux rouges, pommes et châtaignes, tartines de saindoux au sel et quenelles de moelle qui nageaient dans le bouillon du pot-au-feu dominical.

La cuisine donnait sur une étable où il avait toujours connu deux vaches laitières de race vosgienne baptisées Nungesser et Coli, bizarre hommage aux as de l'aviation disparus dans l'Atlantique. Lorsqu'elles se tarissaient, elles étaient remplacées par de nouvelles bêtes qui héritaient des mêmes patronymes.

Trois heures sonnèrent au carillon du salon, une horloge fabriquée par l'usine Vedette de Saverne. En Alsace-Lorraine, ces pendules furent longtemps le cadeau de noces traditionnel. Lentes et solennelles, elles ont cadencé des milliers de foyers en sonnant l'heure après une introduction de deux fois huit notes : si, mi, fa dièse, si, si, fa dièse, sol dièse, mi.

Sur ce rythme grave et lancinant, il grimpa l'escalier comme pour un office funèbre.

⋆

Chez les paysans on vieillit plus vite que chez les rentiers. La grand-mère Schott avait déjà l'air d'une grand-mère lorsque Henri était petit, et lorsqu'il la revit ce jour-là, dormant dans ses draps de lin brodés, son visage avait à peine changé. Certaines femmes qui consentent à vieillir semblent trouver vers la cinquantaine une forme à peu près définitive de grisonnes radieuses. Sa grand-mère avait toujours ressemblé à une baba russe, avec les pommettes larges des femmes de l'Est dont le visage épouse la forme d'un cœur épanoui. Il lui avait été présenté le mois où il commençait à babiller. En voyant cette binette, il aurait crié *baba* en se tordant de rire. L'éclosion du langage fonctionne peut-être inconsciemment par analogie chez certains marmousets. Il avait continué de l'appeler ainsi, alors que ses cousins et cousines, se conformant à l'orthodoxie patoisante, l'appelaient tous *Oma.*

Il n'osa pas réveiller la vieille femme qui somnolait en respirant avec difficulté. D'une main elle serrait l'échancrure de sa chemise de nuit, l'autre était posée sur la tête d'un vieux chien blotti contre elle dans un sommeil si profond qu'il n'avait pas flairé l'intrus. Entre ces deux-là on devinait une complicité de vieux couple ayant partagé le sucre mais aussi les os. Quand l'un larguera les amarres, l'autre ne le pleurera sans doute pas longtemps.

Henri se remémora les journées heureuses vécues dans cette maison. Il ne les devait qu'à elle, car le vieux Schott fut toute sa vie une carne. C'était un dévot à moustaches, sec, orgueilleux et peu loquace. Lorsqu'il consentait à s'exprimer, c'était toujours sur un ton sentencieux, en articulant chaque syllabe à la façon des orateurs emphatiques. En général il ne prenait la parole que pour ordonner le silence ou distribuer des corvées. Personne ne parlait en sa présence et les repas se prenaient en silence après le bénédicité que le vieux prononçait avec une gravité toute puritaine. Son catholicisme fleurait quelque peu l'anabaptisme vosgien. Chez les Schott, les repas de famille étaient aussi enjoués que ceux des fondamentalistes danois d'*Ordet*, le film de Dreyer.

Baba était une fourmi qui ne demandait qu'à se faire cigale dès que le patron tournait le dos.

Elle connaissait par cœur tout un florilège de poèmes et de contes. Dans les pâtures où elle menait les deux vaches, elle récitait à son petit-fils des ballades de Goethe, Brentano, Muller, Heine ou Chamisso ainsi que des contes de Grimm et du chanoine Schmid. Elle conservait comme un trésor une douzaine de vieux almanachs et de keepsakes illustrés du dix-neuvième siècle remplis de légendes en vers et en prose.

Les vacances du garçon étaient peuplées de fées et de sorcières, de nixes et d'elfes, de lutins et de kobolds, de princesses malheureuses, d'ogres et de géants, de chiens magiciens et de corbeaux philosophes, de méchants nains et de grenouilles bienfaisantes. Il se laissait emporter vers un univers de métamorphoses, de songes et de sortilèges, de merveilles et de frayeurs. On ne voit pas les clairières et les étangs, les ruines et les châteaux, les landes brumeuses et les sites païens avec les mêmes yeux lorsqu'on connaît l'histoire de l'homme qui a perdu son ombre, celle du chasseur maudit, de la dame blanche, des cloches mystérieuses, des âmes en peine changées en feux follets, des carillons sous les eaux et des fontaines du diable.

Le panthéisme populaire et féerique de Baba cohabitait assez facétieusement avec la pratique religieuse stricte et ennuyeuse imposée par le vieux. Chaque soir après dîner, le cagot mettait la famille à genoux dans le salon pour dégoiser un chapelet entier. Parfois, lorsqu'il avait vraiment la patate, l'increvable génufléchisseur enchaînait avec les litanies de la Vierge et de tous les saints.

Un soir Henri fut l'acteur innocent d'une saynète quelque peu sacrilège qui fit pouffer sa grand-mère et lui attira les foudres du vieux. Alors que celui-ci débitait les *Mère sans tache*, *Miroir de justice*, *Vase spirituel*, *Rose mystique* et autres métaphores mariales auxquelles Baba et Henri répondaient avec de passifs *priez pour nous*, le chat avait bondi sur le grand poêle de faïence où se gardait au chaud une casserole de lait. *Saloperie de chat!* avait proféré la grand-mère entre *Porte du ciel* et *Etoile du matin. Priez pour nous!* avait ajouté machinalement l'enfant qui tombait de sommeil.

★

Certains soirs, Baba lui chantait des mélodies tristes. Le crépuscule est un moment pénible pour les anxieux. Avec la brune, les papillons noirs prennent leur envol, et les solitaires se ruent vers les bars. Les plus déplorables rinçures de Henri Schott étaient en partie imputables aux durailles heures d'entre chien et loup. Est-ce que sa grand-mère qui trimait sans jamais poser son tablier était parfois en proie au même syndrome ? Sans doute n'a-t-elle jamais pu s'offrir des langueurs aussi carabinées. Pourtant ses chansons étaient presque toujours mélancoliques : amours contrariées, maumariées, complaintes de fiancées abandonnées, ballades pour des soldats morts à la guerre, vieux lieder romantiques, *Le Tilleul*, *Marguerite au rouet* ou *La Petite Rose sur la lande*. Elle chantait juste, d'une voix un peu gutturale, avec des intonations populaires qui eussent mieux convenu à Kurt Weill ou à un répertoire de cabaret qu'à Schubert ou Brahms. Plus tard, au lycée, Henri s'était souvenu avec nostalgie de toutes ces mélodies lorsque les poètes romantiques allemands étaient au programme. Mais aucune version de la *Lorelei* n'effaça jamais le charme étrange qu'exerçait sur lui le poème de Heine lorsque sa grand-mère interprétait *Ich weiss nicht was soll es bedeuten, dass ich so traurig bin.*

Comme bien des femmes dont l'existence entière fut vouée aux travaux des champs et de l'office, Baba avait sans doute dans sa jeunesse rêvé de preux et charmants chevaliers. Lasse d'espérer un enlèvement sous la lune, elle avait épousé l'artisan le plus sérieux du village. Aussi habile du vilebrequin que du boutoir, le jeune menuisier l'avait dégrisée au trot par une pratique accélérée du devoir conjugal. Ils firent douze enfants, dont dix filles. De cette opulente nichée, la mère de Henri fut la seule à concrétiser d'une certaine façon les folles gamberges de Baba. Henri était le fruit d'une fredaine, l'enfant d'une fin de bal, et c'est à son label champi qu'il devait peut-être la tendresse particulière que lui témoignait cette mémé énigmatique.

Elle ne le traitait pas de la même façon que les cousins. L'enfant était ravi et stimulé par cette complicité qui excluait aussi bien les petits légitimes que le vieux. Celui-ci ne lui montrait aucune affection. Il gardait ses distances comme on ferait d'un malade contagieux. Un peu de sang du « démon de luxure » avait corrompu le cépage Schott qui coulait dans les veines de l'enfant, et ce coupage abominable suffisait au tartuffe pour signifier au garçon qu'il n'était pas le bienvenu dans l'atelier. Il lui faisait comprendre qu'il n'était pas invité, mais seulement toléré à la table familiale. Henri n'avait pas souvenir qu'il lui ait une seule fois adressé la parole directement. Le vieux passait par Baba quand il avait quelque chose à lui dire, même si l'enfant se trouvait tout près de lui. Le grotesque du procédé n'échappait pas à sa femme, et quand le raboteur assis en face de son petit-fils proférait en articulant pompeusement : « Mère – car il l'appelait toujours ainsi, comme si ce brevet était seul digne de respect – tu devrais demander à ton petit-fils de trier les pommes de terre ! », elle le singeait en grimaçant derrière son dos et répondait avec la même solennité : « Père, je le lui dirai lorsque je le verrai. » Elle dédramatisait toutes les situations en transformant des scènes odieuses en théâtre de foire. Baba avait un cœur de clown. Sa bonne humeur, ses éclats de rire frondeurs parvenaient à panser toutes les blessures. « Cause toujours ! » semblait-elle dire avec cette insoumission passive et mutine qui permet aux opprimés de vivre légèrement.

Dès qu'elle se retrouvait seule avec Henri, elle se laissait aller à la plus franche gaieté. Ils s'échappaient alors vers les champs pour biner, sarcler, tuer les doryphores, chasser les chenilles des piérides dans les choux ou mener paître les vaches. Ces travaux n'étaient qu'un prétexte pour gaver l'enfant. Ils emportaient des paniers de saucissons, de fromages, des côtelettes panées et des tartes aux myrtilles. A chaque pique-nique sous les sorbiers, elle encourageait sa gourmandise : « Mange, mon Riri ! L'appétit n'est pas un péché. Le vrai péché serait de dédaigner toutes ces bonnes choses. »

En se rappelant ces récréations, Henri se demanda par quelle aberration il avait pu s'éloigner si longtemps d'un amour aussi radieux.

C'est alors qu'elle se réveilla et tressaillit en découvrant un intrus au pied de son lit.

— Mais que se passe-t-il ici ? Jésus Marie Joseph, mais… comment… c'est toi ?

— Oui Baba, c'est moi.

— Approche-toi ! Comme tu es grand, tu es devenu un vrai monsieur, un monsieur de Paris. Tes yeux n'ont pas changé, tu as toujours ce regard de chien triste. Es-tu heureux au moins ?

— Ça va !

— Où est Léonie ?

— Comme tu dormais, elle en a profité pour faire un tour chez elle. Je l'ai croisée au bas de la rue.

— Et tu as eu le culot de pénétrer dans la chambre d'une femme qui fait la sieste ?

— N'importe qui entre ici comme il veut. Je n'ai pas fait de bruit, je ne voulais pas te déranger.

— Tu ne m'as pas souvent dérangée ces vingt dernières années, vaurien. Dis-moi, grand garçon, tu es marié, tu as des enfants ?

— Non, je ne suis pas marié.

— T'as bien raison ! Descends maintenant et attends-moi au salon. Bello et moi nous allons nous lever.

— Il s'appelle Bello ? Comme le Bello d'autrefois ?

— Eh oui ! Comme ça je ne m'embrouille pas avec les noms. Il a quinze ans. Il est sourd et aveugle, aussi rhumatisant que moi, mais il a toujours bon appétit. Toi aussi, je pense ? Je vais te préparer quelque chose, tu dois mourir de faim. Tu manges certainement très mal à Paris. Tu n'as pas bonne mine.

Henri se pencha vers la vieille femme pour l'embrasser. Pour cacher ses larmes, elle lui balança un oreiller sur le nez.

*

Le visiteur détala vers la cuisine et se rinça les yeux sous le robinet de l'évier. Pour ne pas s'apitoyer, il se mit à fureter dans les placards et le réfrigérateur.

Il était en train de battre quatre œufs

lorsqu'il entendit, provenant de l'escalier, des gémissements sourds. Il comprit que la vieille femme peinait à fournir cet effort. Par discrétion, il resta dans l'office. Précédée du chien infirme, Baba entra dans la cuisine avec une validité feinte. Elle s'était coiffée et parée d'une élégante robe brodée. Par dérision elle secoua le manche de la vieille baratte. « Tu te souviens du bon beurre que je faisais avec cette vieillerie ? Tu sais, quand je vois l'espèce de margarine qu'on m'apporte aujourd'hui, je pense avec tristesse à mes vaches. »

Henri était bouleversé de la voir si petite et si frêle, car il avait conservé le souvenir d'une robuste montagnarde.

Lorsqu'il versa l'omelette sur le lard, elle le félicita pour ses compétences à manier la poêle, tout en le taquinant au sujet des quatre godets de riesling qu'il avait vidés un peu trop rapidement. Le vin permit à Henri de surmonter son émotion. Stimulé par l'alcool, il donna à Baba toutes les informations qu'elle voulut entendre. Il s'inventa une biographie presque impeccable, en censurant les chapitres sombres, et enjoliva son récit d'une foule d'anecdotes rassurantes.

— Alors comme ça tu es écrivain ? J'espère que ton livre sera traduit en allemand et que je pourrai le lire.

— Je crois qu'on va le traduire, je te l'enverrai.

Ils évoquèrent le passé, mais il eut beaucoup de mal à la faire parler du vieux. Elle se contenta de dire : « C'était un homme fier et trop dur avec tout le monde » puis changea de conversation. Il n'insista pas. Baba ne voulait pas gâcher leurs retrouvailles avec des souvenirs pénibles.

Mais soudain, comme si elle éprouvait un regret, elle s'éclipsa un instant de la cuisine et revint avec une boîte à biscuits en tôle peinte. Elle en tira de vieilles photographies aux bords dentelés.

— Tiens, c'est pour toi, je les ai longtemps cachées pour que ton grand-père ne les trouve pas, car il les aurait brûlées.

C'était des portraits de la mère de Henri avant qu'elle ne quitte Zornhof. Sa mère à dix-huit ans, assise dans une prairie, une autre en compagnie d'une de ses sœurs avec des cerises aux oreilles, une troisième la montrant chaussée de skis dans la neige.

— Tu sais, de toutes mes filles, Lisel était la plus gentille, la plus jolie et la plus gaie. Elle voulait vivre et s'amuser un peu, c'est normal. Elle aimait danser, mais son père ne supportait pas qu'elle aille au bal. Quelle tristesse ! Ne garde pas un mauvais souvenir de ta maman. Je sais bien que son… enfin sa mort a été terrible pour toi. Il faut lui pardonner, elle n'était pas responsable de ce malheur, elle était désespérée. Prends aussi cette photographie de ton oncle Gus sur sa moto. Il t'aimait tant ! Lui non plus n'a pas eu de chance. Son père ne l'aimait pas, comme s'il lui en voulait d'être beau garçon. Mais oublions tout cela, viens prendre un café au salon.

⋆

Là aussi, comme dans l'atelier, rien n'avait bougé. Le fauteuil près de la fenêtre où le vieux lisait sa Bible et son journal, la table ronde couverte d'une épaisse nappe brochée, les photographies jaunies des libérateurs de Gaulle et Leclerc qui pendaient au mur depuis 1945, les abominables carpettes ornées de biches aux bois, la lourde armoire en noyer, réserve de toutes sortes d'alcools blancs, le lustre à franges de perles multicolores, le grand poêle de faïence avec des ornements de cuivre et la petite bibliothèque.

Henri caressa et feuilleta les volumes avec le respect qu'on témoigne aux reliques. C'est ici qu'était né son goût pour la lecture, dans les vieux almanachs du *Messager boiteux* et les *Echos des Missions*. Les gravures sur bois des récits de voyage du dix-neuvième siècle, les scènes de guerriers africains, de cow-boys et de Comanches, les catastrophes ferroviaires, les tremblements de terre en Californie, les charmeurs de serpents, la vie dans les prairies et la toundra, les missionnaires martyrisés, les épisodes de bataille du Mexique et de Sébastopol, les contes et récits d'Erckmann-Chatrian, les troublantes images de Gustave Doré pour *L'Enfer* de Dante, le *Tour de France de deux enfants* de Bruno. Cette petite collection constituait un trésor dans lequel son âme d'enfant s'était confortée à l'idée que la vraie vie n'avait peut-être pas grand-chose à voir avec ce qu'on appelle la réalité. Juste après la guerre, dans les villages sans télévision ni cinéma, les seules images avec lesquelles les enfants nourrissaient leurs rêveries se trouvaient dans les livres et dans les emballages de chocolat. Henri réalisa tout ce qu'il devait à ces compagnons apparemment silencieux. Toujours disponibles, les livres furent ses premiers maîtres, des professeurs jamais fatigués, jamais en colère.

— Dis-moi, Baba, est-ce que tu sais encore le poème de la géante du Niedeck ?

— Tu me crois gâteuse ? Bien sûr que je le sais :

Burg Niedeck ist im Elsass der Sage wohlbekannt,

Die Höhe, wo vor Zeiten die Burg der Riesen stand *...

Comme si elle relevait un défi, elle récita les onze quatrains de Chamisso, avec cependant quelques trous de mémoire qu'elle masqua par d'habiles bricolages. Çà et là il manquait un pied aux vers que le poète avait forgés avec treize syllabes, mais le charme de la vieille légende opérait toujours. Une enfance vécue dans les forêts vosgiennes

* « La légende du château de Niedeck est populaire en Alsace
La hauteur, où jadis se dressait le château des géants... »

reste à jamais marquée par l'imaginaire des ruines. Plus de quatre-vingts châteaux forts, impressionnants colosses démantelés sur lesquels la forêt a repris ses droits, peuplent les sommets d'Alsace et de la Moselle. Tous saturés d'histoire et de légendes. Celle des géants du Niedeck avait toujours fasciné Henri. Il ne s'agissait pourtant que d'un conte moralisateur expliquant que les grands de ce monde ne sont puissants que grâce aux travaux des humbles. La fillette du châtelain descend dans la vallée, rencontre un laboureur au travail qu'elle prend pour un jouet et le rapporte dans son tablier. Elle se fait gronder par son papa qui lui explique que le travail de cet être minuscule permettait aux géants de subsister.

⋆

Soudain Baba parut épuisée. Ses paupières se fermaient doucement alors que son petit-fils la complimentait pour son extraordinaire mémoire. Henri se leva en prétextant qu'il lui fallait partir pour ne pas manquer son train. Pour leur épargner une scène d'adieux poignante, il précipita son départ en disant qu'il était en retard. Elle refusa d'être raccompagnée à l'étage mais insista pour sortir avec lui dans la rue. Ils s'embrassèrent rapidement, sans effusion, mais quand leurs yeux se croisèrent, ils savaient tous deux que c'était pour la dernière fois.

Après une vingtaine de pas, Henri se retourna pour un ultime signe. La vieille femme, si fragile qu'une brise l'aurait emportée, se baissa alors vers le sol, ramassa une pierre qu'elle lança en criant : « Va-t'en, sale gosse et surtout ne reviens pas dans mes jupes avant les prochaines vacances ! »

CHAPITRE 3

Gus

Ich musst auch heute wandern
Vorbei in tiefer Nacht,
Da hab ich noch im Dunkeln
Die Augen zugemacht.
...
Nun bin ich manche Stunde
Entfernt von jenem Ort
Und immer hör ich's rauschen :
Du fändest Ruhe dort !

Winterreise. Der Lindenbaum

Aujourd'hui encore j'ai repris la route
Au loin dans la nuit profonde,
Alors, dans l'obscurité
J'ai à nouveau fermé les yeux.
...
Désormais je suis à des heures
De cette lointaine contrée
Mais toujours j'entends ce murmure :
C'est ici que tu trouverais le repos.

Voyage d'hiver. Le tilleul

SCHOTT n'a jamais revu sa grand-mère. Trois semaines après sa dernière visite à Zornhof, il avait quitté la France. Après quelques épisodes mouvementés dans des parages peu touristiques, il s'était fixé un temps à Alep. Près de l'antique citadelle, dans une vieille maison ottomane du quartier chrétien, il avait trouvé l'apaisement. Quelques années à peu près sereines pendant lesquelles il boutiqua deux romans exacerbés dont la violence contrastait singulièrement avec la paix qu'il croyait avoir gagnée. Baba s'était éteinte pendant son séjour en Syrie.

Et voici qu'après un quart de siècle, il se retrouvait une fois encore à Zornhof. Chamboulé par un deuil obsolète plus lourd que bien des afflictions récentes, il avait l'impression d'aller à l'enterrement de sa jeunesse.

En grimpant la ruelle, Schott comprit qu'il

n'était plus dans la course. Ceux qui ont élevé des enfants, les ont vus grandir puis s'envoler et ramener leur progéniture, avancent en âge avec des repères. Sa vie s'était écoulée avec d'autres jalons, la liste des romans qui d'année en année s'allongeait sur les gardes de ses livres, les vêtements qu'il avait dû renouveler parce qu'il n'avait cessé de maigrir, la façon d'écrire des nouveaux auteurs qui lui donnait l'impression d'être largué, la disparition de certains plats qu'il aimait sur les cartes des restaurants, ou encore, comme ce jour-là, la métamorphose d'une rue qu'il n'avait pas empruntée depuis vingt-cinq ans.

Des anciennes masures, il ne restait plus grand-chose. Les vieux enduits étaient masqués par des crépis immaculés et les fenêtres étroites remplacées par de larges baies. La plupart des toitures et des façades exhibaient des récepteurs de télé satellite.

La maison des grands-parents n'avait échappé ni au ravalement ni aux mutilations. L'atelier ? Disparu, avec à la place un ridicule jardinet clos. Mais la grotte et la Vierge avaient résisté, sans doute par superstition des nouveaux propriétaires. Aux abords de la maison tout était goudronné et cimenté. Pauvre Baba, se dit le pèlerin, aujourd'hui tu ne trouverais plus la moindre pierre à me lancer ! Au front de la colline la rue se prolongeait de plusieurs centaines de mètres vers un lotissement pavillonnaire sur les prairies où les moutards s'égaillaient autrefois à l'ombre des sorbiers et des néfliers sauvages. Les jeux de la nouvelle génération se déroulaient sur d'autres terrains. Qu'était devenue la tétonnière Madeleine experte du roulé-boulé, du saute-mouton et du maladroit touche-pipi ? Sans doute une aïeule honorable dont les petites-filles portaient toutes des culottes. C'est bien connu, les enfants terribles évoluent souvent en pères féroces et les petites gourgandines en parangons de vertu.

Ratiboisés, les arpents de pommes de terre et de choux-raves ! Envolés, les doryphores et les hannetons ! Disparues depuis pas mal de fenaisons, les dernières vaches de la paroisse !

Inutile de pondre une oraison funèbre, se dit Henri qui n'avait aucune envie de demander aux nouveaux résidents s'ils se souvenaient de la menuiserie Schott. Au bout du lotissement, derrière un terrain vague attendant d'autres constructions, il repéra le sentier qui grimpait vers la vieille chapelle dans les bois.

*

La forêt se profilait à quelques centaines de mètres en grisaille éclaircie par un soleil blême, comme un paysage d'estampe japonaise. Une vaste ceinture de feuillus, des hêtres et des chênes, quelques bosquets de bouleaux, les taillis où jadis il allait aux myrtilles et aux framboises cédant peu à peu la place aux conifères. Par endroits, les flancs du tertre étaient zébrés de larges coulées, souvenirs de la tempête qui avait saccagé les forêts quelques années plus tôt.

A l'orée, perché sur une branche dépouillée d'un vieux merisier, un corbeau ébouriffé lui croassa une longue phrase, comme un avertissement : « Prends garde à toi, voyageur qui pénètres dans cette forêt, ici commence le pays des songes, les ténèbres dont on ne revient pas ! » C'est ainsi que Schott interpréta le message, sans doute à cause de la corneille du lied de Schubert qui jamais ne quitte le voyageur d'hiver : « Fantasque animal, ne me lâcheras-tu donc jamais ? Me seras-tu fidèle jusqu'au tombeau ? »

En pénétrant dans les bois, il pensa aux poèmes, contes et tableaux que ces oiseaux mystérieux ont inspirés aux artistes marginaux. Tantôt augures, tantôt compagnons de voyage des jeunes vagabonds et des vieux trimardeurs, les corvidés font peur aux âmes ordinaires qui leur préfèrent la gent roucouleuse ou gazouillante. Le corbeau est un philosophe railleur ayant toujours su exploiter le labeur et la folie des hommes. Pilleur de récoltes, écorcheur sur les champs de bataille, ce marginal n'est emblématique que pour les esprits inquiets et rebelles. Henri Schott vénérait les corbeaux.

La chapelle était cadenassée. A travers l'ouverture grillagée, il revit l'autel peint et la statue de sainte Barbe patronne du petit sanctuaire. Auxiliatrice des mineurs, des artilleurs et des pompiers, elle était encore invoquée pendant sa jeunesse. La ferveur populaire s'adressait à Barbe pour se préserver de la foudre et dans bien d'autres circonstances, comme en témoignent les ex-voto cloués sur les murs de la chapelle. Certains, assez anciens, concernaient la conscription et les guerres révolutionnaires et napoléoniennes. D'autres illustraient les vicissitudes de la vie quotidienne du canton : accidents de schlitteurs, épidémies du bétail, chutes de toitures, noyades, femmes en couches, chiens enragés, coups de grisou, sangliers furieux, enfants égarés, une vaste chronique sans paroles couvrant deux siècles de vie rurale. Enfant, il était fasciné par ces peintures naïves. Avec sa grand-mère il s'amusait à repérer des noms de famille qui survivaient dans la région. Baba était une généalogiste incollable. « Tu vois ce soldat avec la béquille, c'est l'arrière-arrière-grand-père de la Sophie Anstett du bas bourg. Celui-ci qui tombe du toit, il est de la famille Fuchs qui tient le bistrot au Rocher du loup. Ces petits garçons devant le lit de leur mère sont les quatre Blaise, des brigands qui ont terrorisé la vallée de la Zorn avant la guerre de 1870. Trois d'entre eux ont été tués par les gardes-chasse et les gendarmes, le dernier a fini par se calmer. Il a survécu jusqu'en 1928, vieux garçon ne supportant que la compagnie de ses cochons croisés avec des sangliers. Petite, mon père m'emmenait parfois chez lui parce qu'il faisait le meilleur fromage de tête de la région. »

⋆

En revoyant cette collection d'imagerie populaire sans paroles, il fut envahi par une émotion intense, un obscur mais profond sentiment de solidarité envers le peuple de Lorraine, ce vieux pays aux annales chargées d'héroïsme et de martyre, pays de frontière et de conflits où depuis longtemps s'affrontent et s'épousent deux langues et deux civilisations. Terre souvent envahie, tour à tour divisée, reconstituée, transmise de Maison en Maison par alliances ou trahisons, démantelée, annexée, meurtrie plus que d'autres par les malheurs de la guerre, incendiée, vendue, puis reprise. En période de paix, terre sans cesse labourée, forée, excavée. De son histoire est imprégnée l'âme de ses enfants, frontaliers hésitants qui n'ont jamais connu le confort des peuples avec un seul drapeau, soldats de fortune enrôlés malgré eux dans des guerres où le frère devient l'ennemi, générations d'enfants perdus et de mères endeuillées auxquels des maîtres asservis ont imposé une langue marâtre, paysans de peu de lopins aux récoltes souvent dévastées, bûcherons, mineurs et métallos, ancienne nation autochtone revigorée par les enfants de l'immigration italienne, polonaise, maghrébine et turque. Peuple énergique qui depuis toujours s'est tué au labeur. Ici, pendant des siècles le travail fut symbole de vertu. La fermeture des mines, le dépérissement de l'industrie sidérurgique, le processus inéluctable de la récession et la misère de la petite agriculture ont sonné le glas de cet ensemble d'habitudes, de rites et d'activités qui ont forgé ici une identité collective s'apparentant à un véritable système culturel, avec ses mœurs, ses langages, ses oppressions, ses rébellions aussi, ses fêtes et ses jeux, son imaginaire et ses superstitions, ses musiques et ses violences. Une véritable civilisation de la peine des hommes.

A travers l'oculus, Henri vit que certains ex-voto avaient été remplacés par des reproductions, les originaux ayant sans doute été barbotés par des pilleurs d'églises.

★

Il pénétra dans une forêt de plus en plus ténébreuse, parmi les gigantesques fûts dénudés d'épicéas au pied desquels ne poussait aucune végétation et où régnait un silence glacé. L'épaisse couche d'aiguilles de pin étouffait jusqu'au bruit de ses pas. Un peu plus loin, avant que le sentier ne dégringole vers la combe où cascade la Zorn encore ruisselet, se dressent deux gigantesques blocs de grès aux formes bizarres, le Rocher des païens et le Rocher du corbeau où créchait sans doute l'oiseau noir qui l'avait apostrophé à l'entrée du bois. Avec les garçons du village il venait se réfugier sous les cavités de ces deux géants roses et moussus pour fumer et faire griller des petits oiseaux piégés dans les jardins. C'est aussi dans cet abri naturel que les plus grands entraînaient les drôlesses.

Soudain il perçut un léger clapotis. C'était la Zorn, à quelques kilomètres de sa source, bondissant en arpèges sur les rochers, avec la fraîcheur des harpes d'une sérénade de Glinka. Il trempa ses mains dans l'eau glacée et s'en humecta le front et les tempes, une manière d'onction guérissante. Aujourd'hui Henri Schott voulait croire aux vertus des rites.

Il faisait presque nuit lorsqu'il regagna le village. Sous le regard intrigué de quelques paroissiennes qui fermaient leurs volets, il dévala la rue de ses grands-parents, sur des bribes de *Questions pour un champion* alternant avec des programmes en allemand.

Avec une nouvelle séquence de *Winterreise* il mit le cap sur le plateau en quête d'un relais où passer la nuit. Le baryton Hans Hotter se désolait : *Welch ein törichtes Verlangen Treibt mich in die Wüstenein ?* Oui, « Quel besoin insensé me pousse vers ces landes ? », se demanda Schott en prenant à son compte les interrogations du voyageur d'hiver.

★

Le lendemain matin, il reprit la route et fit escale dans des villages où il avait traîné enfant avec son oncle Gustave, le cadet de la famille Schott. S'ils avaient soupçonné que pendant les vacances l'adolescent se frottait à un paroissien de cette farine, les Révérends

Pères auraient sans doute gardé le pupille au bercail. A cette époque, Gus n'avait pas trente ans. C'était un vaurien, en froid avec son père, mais auquel Baba pardonnait tout. Il créchait dans une garçonnière de Phalsbourg et vivait de trafics avec la base militaire américaine de Mittelbronn, cigarettes, toiles de tentes, petit matériel et autres accessoires de commerce frauduleux. Pendant ses séjours à Zornhof, Henri dormait dans l'ancienne chambre de Gus, une cambuse aménagée au-dessus de l'étable, dans laquelle personne d'autre ne pénétrait. Un foutoir encombré de pièces de rechange, roues de motos, piles de vieux magazines sportifs et de revues de cinéma. A la tête du large lit de cuivre étaient pendues deux paires de gants de boxe rouges. Sur les murs, des portraits d'acteurs, de champions et de culturistes découpés dans les revues. Des photographies de Gus en boxeur, pectoraux et biceps bandés, Gus sur sa moto, Gus avec des filles et des troufions yankees dans une boîte de nuit de Brouviller, Gus à la trompette avec un trio de musiciens noirs, voisinaient avec celles de James Dean, Jean Marais, Marcel Cerdan,

Steeve Reeves, Paul Newman, Rita Hayworth, Eddie Constantine, Sophia Loren et Robert Mitchum.

Au temps de David et de Girodet on aurait dit que Gus était « fait au tour ». Corps d'athlète et gueule d'amour, le gaillard était le parfait sosie de Clint Walker, l'acteur viril et cependant suave de *La Piste des Comanches*. Bref, il était scandaleusement beau et complètement dépravé. Il passait son temps à trafiquer, picoler et forniquer dans les pires buvettes et lupanars du département. Pour d'obscures raisons il s'était pris d'affection pour son neveu, peut-être à cause du pedigree du garçon. Croyant agacer le vieux qui pourtant s'en fichait complètement, il allait cueillir le gamin pour l'entraîner à moto sur ses lieux de bamboche. Après-midi et soirées interminables dans des assommoirs où flottait en permanence l'odeur âcre des bières tiédissant au bain-marie sur les poêles, remugles des urinoirs attenants dont le bas était badigeonné au goudron et le haut à la chaux. Une ambiance fruste et délétère, mais lourdement chargée de sensualité.

★

Les régions assujetties à la bière semblent marquées d'une désolation spécifique que les contrées du vin n'affichent pas. Cette morosité vernaculaire avait frappé Schott sur bien des territoires gambrinesques, dans les bassins du Nord de la France, en Belgique et dans diverses provinces allemandes. L'ivrognerie maltée est rarement folichonne. Maussade et flatueuse elle finit par avachir ses adeptes. Champigneulles, Vézelise, La Meuse, Lutzbräu, Slavia, Amos, le bock a durablement contribué à broyer l'âme des buveurs du plateau lorrain.

C'est à Gus que Henri devait sa première biture, un mélange de bière et de schnaps, à l'âge où les gamins ne se shootaient qu'à l'Ovomaltine. Le tonton prenait Henri pour de la graine d'arsouille qu'il s'ingéniait à faire éclore avec les engrais appropriés. « Ne m'appelle pas tonton, ça fait vieux con, lui disait-il, appelle-moi Gus comme tous les copains. »

Avec son air fondant et affranchi, le pendard mettait les femmes dans tous leurs états. Gus ne frimait pas et ne baratinait jamais. Il lui suffisait de se pointer en chaloupant pour qu'aussitôt se libère une place au bar ou à la table de belote et que dans les bals les danseuses perdent la boule. Les hommes recherchaient sa compagnie parce qu'il ne faisait jamais d'histoires, qu'il jetait son pognon par les fenêtres quand il était en fonds – argent facilement gagné, argent facilement dépensé, raillait le vieux –, qu'il ne s'énervait pas lorsqu'il était battu aux cartes et qu'il n'emmerdait personne lorsqu'il était bourré. A la première phase de la cuite Gus s'épanouissait, douze demis plus tard il pleurait comme un veau. Imaginez un type carrossé Berliet – une référence de l'époque en matière de châssis – qui s'écroule en chialant. Au dernier stade il s'endormait sur place. Pendant ce temps, Henri dessinait des araignées et des papillons sur les ardoises qui servaient à noter les scores des joueurs. A son réveil, Gus hurlait comme un loup en déployant ses abattis et demandait où il se trouvait. Certains soirs, il emmenait son neveu au cinéma pour un Lemmy Caution ou un western. Parfois, il le trimbalait aussi dans ses virées génitales.

Sexuellement, Gus était en avance sur son temps. Amoral et sans malice, il carambolait avec l'innocence des bêtes sauvages, renégat, libre, magnifique. Etrange commémoration, se dit Schott en vadrouillant sur les petites départementales qui mènent au pays du Saulnois, un territoire qui lui rappelait de cocasses équipées. Après une escale au Cochon qui pisse de Schalbach, une enseigne ayant miraculeusement résisté à la pudibonderie contemporaine, il traversa Bickenholz avec une révérence à la grande pietà qui dans sa grotte artificielle rappelle aux passants que depuis toujours les mères sont condamnées à pleurer sur le sort de leurs fils. Il poussa jusqu'à Langatte. Pendant une saison, Gus s'était toqué d'une serveuse de ce village, une grosse fille au visage criblé d'éphélides de couleur sang séché. En la voyant pour la première fois, Henri avait immédiatement pensé à un type qu'il avait surpris un jour en train de décapiter un coq. A l'instant du tranchage, une giclée de sang avait jaspé le visage du bourreau d'une multitude de taches rouges.

Certains soirs d'été Gus allait cueillir la fille

pour l'entraîner vers les berges de l'étang de Stock. Coincée sur le réservoir de la moto, la coquine gloussait d'excitation entre les biscotos du motard. Sur la selle arrière, Henri était soudé au râble de Gus avec une canne à pêche et une épuisette attachées à son dos. Pendant que l'oncle honorait la drôlesse avec l'assentiment des grands roseaux empanachés, Henri pêchait des gardons. Difficile aujourd'hui d'imaginer d'aussi bucoliques ribauderies sur des rivages colonisés par des centaines de cabanons, mobil-homes et chalets d'été où les vacanciers du Palatinat et de la Sarre viennent en escadrons écluser leur bière sur des territoires autrefois annexés. Les temps où l'on chantait *Vous n'aurez pas l'Alsace et la Lorraine* étaient bien révolus. Vive l'Europe, la réconciliation et les délices de la Société Internationale des Loisirs, du Barbecue et du Caravaning. Plus besoin de conquérir quand tout est à vendre.

Un vent sournois agitait la surface morne et noire du lac et se coulait dans la roselière que les fauvettes et les rousserolles ont sans doute délaissée depuis que ses abords ont déchu en camp de vacances. Le bruissement des roseaux fanés dans l'oppressant silence tempérait un peu la désolation des lieux. Le lotissement estival était désert, des barrières en interdisaient l'accès. Pour ne pas succomber à l'aigreur, Schott battit en retraite en pensant au joyeux bordel qu'un Gus aurait semé dans ce paradis du petit bonheur peinard. Après Langatte, au carrefour de Rhodes, la vieille chapelle collée à la grange lézardée de la ferme d'Albeschaux s'était fortement dégradée. Le clocheton de bois surmonté d'un coq girouette ne tiendrait sans doute plus très longtemps. A moitié écroulé aussi, le mirador de chasse en lisière de la forêt domaniale de Languimbert.

A Saint Jean de Bassel, jolie localité abritée par de paisibles collines de pâturages et de bosquets naturels, le pèlerin se dérida. Un fait divers gussien particulièrement cocasse lui revint en mémoire. A l'époque, l'aventure, bien que piquante, fut prise au tragique par les familles concernées. L'histoire aurait sans doute amusé un romancier libertin du temps de Diderot, mais à cause d'elle, Gus fut chassé du toit paternel. Le village doit sa réputation à un couvent de sœurs de la

Divine Providence, une congrégation fondée au dix-huitième siècle par Jean Martin Moye, un missionnaire de Chine né près de Metz. Au temps de Gus, ce couvent accueillait encore des jeunes filles se destinant à la vie religieuse. Une des postulantes venait de Zornhof. Gus pensait que ses attraits n'auguraient point une union avec l'Epoux divin. Persuadé qu'elle s'épanouirait davantage dans le monde profane, le larron d'amour ne recula pas devant la profanation. On ne sut jamais s'il avait agi avec le consentement de la novice. Ce qui est certain, c'est qu'il l'enleva peu avant qu'elle ne prononçât ses vœux. L'affaire fit un sacré foin à Zornhof. Les parents de la défroquée demandèrent des comptes au vieux Schott qui voua son fils aux flammes de l'enfer. Le ton frivole sans doute ne convient pas pour narrer l'infortune de cette émule de Padilla, la légendaire nonne de Victor Hugo, car aussitôt souillée, le brigand s'en désintéressa. Peu après ces péripéties, la jeune fille disparut à jamais de la région.

★

Le bousin préféré de Gus marchait sans enseigne. C'était une maisonnette isolée dans un carrefour de la forêt près de Danne-et-Quatre-Vents, loin de toute habitation. Là exerçaient clandestinement quatre dames que les habitués, pour la plupart des forestiers et des ouvriers agricoles, désignaient sous le nom de « chemises noires ». En ce temps-là, les femmes honnêtes ne portaient que des dessous blancs ou roses.

Les quatre marmottes n'étaient plus des jeunesses, mais elles savaient mettre de l'ambiance et d'après Gus, elles travaillaient encore à l'ancienne, c'est-à-dire avec de l'art et du sentiment.

L'aînée accueillait les amateurs dans une cuisine flanquée d'une longue et solide table de ferme recouverte de toile cirée. Elle leur offrait de la bière en grandes bouteilles familiales ou du quinquina, la boisson qui requinque. Ces dames carburaient au vin de Malaga.

Pendant qu'à l'étage Gus distribuait de l'extase, Henri sirotait gentiment son Sinalco en admirant les vieux chromos sur les murs de la cuisine : les divers âges de la vie de l'homme, les âges de la femme, un ange gardien guidant un enfant sur un pont dangereux, le brame des cerfs, Guillaume Tell, Hans la panse à bière et son pendant, Berta la cafetière. Une image fascinait surtout le garçon. Elle montrait une vaste clairière où siégeait un tribunal d'animaux. Les grands cerfs déguisés en juges, les renards en avocats, assistés par un jury de chevreuils, sangliers, martres, belettes, lièvres, et au poulailler, les coqs de bruyère, ramiers, bécasses, gélinottes, canards, perdrix et faisans. Au banc des accusés, un chasseur penaud devant les dépouilles de ses victimes.

Deux fois par semaine, en fin d'après-midi, les chemises noires donnaient un spectacle. Les habitués se posaient autour de la table et patientaient le verre à la main, déplorant la médiocrité des récoltes, spéculant sur le taux du bois ou médisant de leurs légitimes. La tôlière fermait les volets, tirait les rideaux et verrouillait la porte d'entrée. Elle éteignait le plafonnier pour ne garder que la lumière tamisée d'un lampadaire coiffé d'un abat-jour rose en rayonne plissée. Ensuite elle mettait un disque sur le Teppaz trônant sur le frigo et frappait trois coups avec le manche de son balai. Les bayadères faisaient alors leur entrée et gambillaient plusieurs fois autour de la salle comme des marionnettes déboîtées. Elles se trémoussaient sur un air de mambo ou de cha-cha-cha puis escaladaient la table avec difficulté. La meneuse recouvrait alors l'abat-jour d'une écharpe rouge et changeait de disque. Sur un répertoire plus langoureux, des rengaines sirupeuses de Freddy, un chanteur allemand très en vogue, ou celles plus exotiques de Gloria Lasso, les trois guenippes se déshabillaient en essayant de coordonner leurs mouvements.

Elles étaient maladroites et quelque peu raides aux articulations. « Vieux chaudron ! Tu n'es plus fraîche, ma très chère, mais ta carcasse a des agréments », aurait attesté le poète adepte des nymphes macabres. Dans cette pénombre empourprée, c'était bien une danse des morts que menaient ces diablesses lubriques. Mais à l'époque, le jeune Schott ne visionnait pas le spectacle sous un angle aussi infernal. Ce strip-tease glaiseux lui apparaissait comme une comédie burlesque extrêmement revigorante.

Une initiation aux mystères de la sexualité dans ce temple loufoque, en compagnie de lascars qui ne pratiquaient guère le madrigal, impose à jamais une vision comique des plaisirs vénériens. Le caractère saugrenu, presque ridicule, de la gymnastique génitale échappe sans doute à la majorité des pratiquants, puisqu'il en est même qui font ça devant des miroirs sans crever de rire. C'est dans ce bordel de campagne où les choses se passaient de façon naturelle, enjouée et chaleureuse, que l'adolescent avait été déniaisé. Adulte, il chercha bien des fois à retrouver des endroits de ce genre. Un désir enfantin, qui ressemblait à un mal du pays.

Dans le public il était rare que quelqu'un s'avisât de se moquer de ces dames. Lorsqu'un jeune branleur bourré se permettait un sarcasme, les aînés le remettaient aussitôt à sa place. L'effeuillage terminé, les danseuses quittaient la toile cirée pour le sol de balatum fleuri et dansaient nues avec les clients. Henri se souvenait de garçons de ferme qui guinchaient en bottes de caoutchouc et d'un poivrot, un paysan vieux garçon auquel on avait retiré le permis après un accident. Il ne circulait plus qu'en tracteur, véritable danger public, car souvent il oubliait de remonter la fourche et traversait les bleds à fond la manette sur son engin. Il se farcissait plus de quinze kilomètres pour « aller aux chemises noires ». La plupart du temps elles le gardaient pour la nuit, le drôle n'étant plus en état de retrouver son chemin car son tacot n'avait pas de phares.

Enfant, Henri adorait les tracteurs. Doté d'un assez joli coup de crayon, il passait son temps à les dessiner. En ce temps-là les petits paysans labouraient encore avec des bœufs ou des chevaux. Un début de prospérité autorisait le Vandœuvre, un engin fabriqué en Lorraine. Il ne marchait qu'avec un seul piston et fut très populaire dans la région. Certains agriculteurs optaient pour les marques allemandes comme Deutz, les *Stahlschlepper* équipés de moteurs diesel mono, deux ou trois cylindres selon les modèles, les Fendt *Dieselross* ou encore les Lanz *Bulldog*, tracteurs à grandes cheminées, datant de l'époque où la marque Lanz n'était pas encore rachetée par John Deere. Mais le préféré du garçon était le Ferguson TE 20, un modèle rare à cette époque que seuls les paysans fortunés pouvaient s'offrir. Il était fabriqué aux Etats-Unis et en Angleterre. Les publicités que Henri collectionnait le surnommaient *Grey Fergy* en référence affectueuse au nom du fabricant Harry Ferguson et à cause de la couleur grise qu'il avait choisie pour ses engins.

Parfois, lorsqu'ils revenaient tard dans la nuit à Zornhof, Gus ne voulait pas reprendre la route. En catimini il regagnait alors son ancienne chambre avec Henri. Il se mettait à poil sans la moindre gêne, gonflait ses biceps et esquissait quelques figures de boxe. « Vise un peu tout ça et tâche de t'en faire de pareils plus tard, petit trou du cul. » En dialecte, cette appellation était tout ce qu'il y a de gentil. Puis il se glissait dans le lit, feuilletait des revues pornographiques et s'excitait en proférant des obscénités. Pour le coup de l'étrier, il prenait dans sa main celle d'Henri et les boutait toutes deux vers la villosité moite et salée de son bas-ventre pour une friction déchaînée jusqu'à ce que leurs doigts emmêlés s'engluent d'une crème à l'odeur de soufre et d'amande amère.

Pauvre Gus ! Des années plus tard, à l'époque où il enseignait à Metz, Henri l'avait ramassé un soir ivre mort sur les pavés de la gare. La fermeture des bases américaines l'avait privé de son gagne-pain. Il avait bien dégoté quelques boulots dans diverses fabriques en Alsace et sur le plateau, dans une briqueterie, puis à la cimenterie de Héming, mais il n'y était jamais resté longtemps. N'ayant jamais travaillé, il n'était qualifié en rien. Gus n'était pas fait pour exercer ce que les gens taillés pour la carotte et le bâton appellent un métier. Sorti de sa cambrousse, il aurait peut-être fait un soldat convenable ou un aventurier d'outre-mer. Prisonnier de son environnement, cet Ajax du ruisseau sombra rapidement. Il fit une fin en épousant une femme beaucoup plus âgée que lui, laide et sans fortune. On disait qu'il la battait mais qu'après les séances de batterie il se roulait à ses pieds en lui demandant pardon. Après quelques années elle le largua. Petit à petit Gus tomba dans la déchéance et n'osa même plus retourner à Zornhof de peur d'épouvanter sa mère. Complètement détruit par l'alcool, il trimarda plusieurs années entre Sarrebourg, Metz et Lunéville avant de terminer, viande de morgue, à l'asile psychiatrique de Lorquin.

★

Pour revenir à des souvenirs moins lubriques, Schott poussa jusqu'au site forestier de Bonne-Fontaine à quelques lieues de Danne-et-Quatre-Vents. Le 15 août, journée mariale, sa grand-mère l'emmenait dans un car de pèlerins jusqu'à cette clairière de paix. Le pèlerinage datait du début du dix-huitième siècle, lorsqu'une épidémie de dysenterie mortelle avait sévi dans la garnison de Phalsbourg. Des soldats malades avaient bivouaqué près d'une source dans la forêt. Dans le creux d'un chêne ils découvrirent une statuette de la Vierge. Surpris, ils invoquèrent Marie, secours des malades, et burent l'eau jaillissante. Comme ils se rétablirent peu après, la foi de la population des environs eut vite fait d'échafauder un lien entre la statuette, la source et les guérisons miraculeuses. Reconnaissants, les troupiers érigèrent à leurs frais une modeste chapelle en bois et y placèrent la petite vierge. En 1741, avec la foule de pèlerins qui affluait de plus en plus nombreuse, on édifia une chapelle plus spacieuse en pierre. Aujourd'hui le pèlerinage est confié à des franciscains.

Le site était désert. Bien qu'étranger aux mystères de la foi, Schott était singulièrement perturbé par l'atmosphère sereine et spirituelle que dégageait le lieu. En mémoire de sa grand-mère il but deux verres à la source. « Dans mon état, ça ne peut pas faire de mal », se dit-il en ricanant avant de clopiner vers le sanctuaire. Epuisé, il s'écroula sur un banc et s'endormit. Lorsqu'il se réveilla, une lumière bleutée filtrait à travers les vitraux historiés. Cette clarté, bien faible pourtant, était une joie. Schott l'accueillit comme une grâce et retrouva soudain d'anciennes impressions de bonheur, comme celles dont la jeunesse abonde et qui parfois vous ressaisissent au passage, plus tard, mais pour une heure seulement.

Avant de quitter les lieux, il alluma un cierge et feuilleta le cahier sur lequel les pèlerins notaient leurs suppliques et leurs témoignages de reconnaissance : *Notre-Dame de Bonne Fontaine protège-moi, je par en vacances qu'il ne m'arrive rien et que Léon me donne plus de gentillesse – Vierge Marie quel douleur pour moi que d'avoir perdu mon fils dans cette accident de voiture, lui qui était tellement droit et juste et croyant. Sois juste seigneur sinon je crois que je vais sombrer dans la fosse aussi – J'ai 70 ans et je viens de Thionville à pied pour demander ta protection – Notre Dame de Bonne Fontaine hier mon gynéco a trouvé deux petits fibrons et maintenant je commence un traitement pour faire un enfant priez pour moi pour que disparaissent ces fibrons et que le traitement de fécondité marche – Sainte Marie je ne crois pas en dieu mais si vous existés, merci de passer le bonjour à mon pépé et dites lui que je l'aime, j'ai eu mon brevet blanc et faite que mon papa soit plus gentil avec ma maman – Notre Dame faite que Fernand m'aime.*

Une litanie de doléances, de confidences naïves, bien plus éloquente sur la misère morale et matérielle des campagnes que toutes les thèses et statistiques sociales.

En sortant de la chapelle, devant le paysage tremblant de brume et de soleil flave, le voyageur se dit que les nouvelles géographies ont bien raison de rattacher la complexion des hommes, la couleur de leurs yeux et celle de leurs sentiments, non seulement aux races dont ils sont issus, mais au sol sur lequel ils triment et à l'air qu'ils respirent. Mille choses difficiles à exprimer, appartenant à son passé lointain, revivaient soudain en lui lorsqu'il frôla les branches basses des sapins près desquels il avait garé sa voiture.

CHAPITRE 4

Marlène

Bellt mich nur fort, ihr wachen Hunde,
Lasst mich nicht ruhn in der Schlummerstunde!
Ich bin zu Ende mit allen Träumen,
Was will ich unter den Schläfern säumen?

Im Dorfe. Winterreise

Aboyez sans trêve, chiens de garde
Refusez-moi le sommeil longuement
Je suis arrivé au bout de mes rêves,
Pourquoi m'attarder parmi les dormeurs ?

Au village. Voyage d'hiver

INSOMNIE, fête austère de la solitude avec ses tisons glacés. Des chiens, des chiens enchaînés ont hurlé toute la nuit, au loin à l'ouest du village. Des heures il a déliré sur un lit étranger, des spasmes au ventre, suant et grelottant, se mordant l'intérieur des joues jusqu'au sang, cœur transi, corps décharné, os, nerfs et tendons, pitance bientôt bonne à servir de nectar aux asticots, carcasse pour le sapin déjà pointurée. Vanité de son voyage. Les paysages qu'il avait traversés ne devaient leur intensité qu'à l'abondance de souvenirs qu'ils évoquaient, et plus le souvenir est éloigné, plus il est profond et familier, comme une musique sans cesse écoutée et cependant inaccessible. Cauchemar ou rêve éveillé, il s'est vu agenouillé sur les dalles glacées de la chapelle de Bonne-Fontaine dans la lumière vineuse d'une lune rousse à travers les vitraux.

Il a senti le vent froid comme le sont les vents dans les rêves. Il s'est promené dans une vallée peuplée de pauvres gens aveugles et sourds qu'il voulait étreindre. Fraternité illusoire. Seul, le dessous des paupières en feu, il a vu sa mère jeune et souriante devant les blés mûrs, les quatre chemises noires, Parques obscènes lui dispensant des étreintes osseuses et Gus vautré dans les vomissures sur le quai d'une gare déserte. Perché sur la tête de lit, le corbeau qui le narguait lui a balancé sa fiente avant de déguerpir en brisant la vitre. Hurlements des chiens, matraques et tenailles, nuées de grosses mouches bleues, squelette d'un sapin noirci au sommet duquel une grive dégoise cent chansons, grimaces d'un chirurgien désolé, roses gelées, draps souillés. La bile chaude dans les narines, il s'est tordu, les bras maigres et blancs appuyés sur la porcelaine souillée de caillots, guetté par l'impitoyable vieillard, le maudit vielleux de Schubert aux pieds nus sur la glace, moulinant sans relâche sa ritournelle. Viens-tu me chercher ? Miséricorde, miséricorde ! Est-ce pour mes refrains que tu fais tourner ta satanée vielle ? La douleur aux entrailles brouille l'insomniaque, l'engloutit et soudain se change en rémission, en insensibilité, en espoir de s'éteindre vite et sans cri. Son image jumelle, fantôme caressant, lui a souri dans un miroir terni. Solitude, pèlerinage inepte comme une fuite à reculons, ruminations d'une nuit où l'espérance est morte à jamais. Enfin, avec une cloche d'angélus, le jour nouveau, une aube d'autant plus poignante que le voyageur la sait illusoire.

⋆

En quittant l'auberge, Schott veut se persuader de rouler sans trêve vers le sud, pour un de ces déserts incandescents qui purifient tout et détergent les explorateurs jusqu'à l'os. Mais c'est vers Zornhof qu'il refait route une fois de plus, envoûté, comme tiré par un cornac invisible. Et Gus qui surgit encore sur sa moto, dépoitraillé, crinière au vent avec son protégé plaqué aux lombes. Comment effacer l'image de Gus sur un trajet qu'il n'avait fait qu'avec lui ?

Sans les livres, sans le collège, est-ce que sa vie aurait viré au chaos comme celle de son oncle ? Un caractère bilieux l'avait très tôt éloigné des milieux organisés. Plus que la société, mieux que l'enseignement reçu, c'étaient ses lectures et les joyeusetés de Gus qui avaient formé son caractère, orienté ses goûts et décidé de son destin. Jamais repu, il avait dévoré des milliers de livres. Aussi était-ce tout naturellement, presque à son insu, qu'un jour il avait pris la plume.

Qu'aurait-il pu faire d'autre ? Pas plus que Gus il n'était taillé pour une vie normale. Sans attaches ni projets, ramant pour se soustraire aux emprises qui l'auraient enchaîné, il avait goûté aux agréments et aux dangers d'une vie sans repères. Avec le temps, les choses auraient pu se gâter. L'écriture le tira plus ou moins d'affaire. En postant son premier manuscrit à un éditeur dont il appréciait le catalogue, il n'espérait même pas de réponse. A sa grande surprise le roman fut accepté, publié et couronné en moins de six mois. Stimulé par cette reconnaissance précoce, il mit les bouchées doubles et cracha sa bile. Trois livres en cinq ans, des catéchismes d'insoumission déguisés en fictions qui galvanisèrent la jeune génération. « Livres cultes des années 60 » disait la notice d'un récent catalogue de bouquiniste à propos de la trilogie *L'Affreux Rire de l'idiot*, *Damné par l'arc-en-ciel* et *Postillons et bêtes de songe*. Ce cycle ne prêchait pourtant pas la rébellion active. Il ne traduisait que secret dégoût et désespoir silencieux.

Une foutrée de romans non conformistes de ces années-là, en particulier des américains, sont aujourd'hui garantis « cultes ». Un peu de cocaïne, des partouzes, une bonne dose d'antimilitarisme, du conchiage de bourgeois et surtout du vagabondage glauque et c'est gagné.

Schott n'eut jamais la curiosité de remettre le nez dans ses livres et ne se posait donc pas la question de savoir si trente ans après leur parution ils méritaient encore qu'on s'y intéressât. A vrai dire, il s'en fichait depuis longtemps. Quand lui prenait l'envie d'une virée dans le passé, il la faisait avec les livres des autres et s'en revenait rarement déçu. Des outsiders d'avant, il admirait l'élégance, la force, le détachement et l'ironie, autant de qualités presque disparues lorsque dans le turbin triomphe une nouvelle race de marjolets et de bas-bleus pires que les sauterelles d'Egypte, et plaies comme elles, ne racontant que leurs pitoyables orgasmes, et une foule de pisse-copie n'ayant strictement rien à dire, mais le disant quand même.

★

L'hiver semblait se dissoudre. C'était une matinée d'aigre février augurant de proches métamorphoses. Un soleil nonchalant dardait comme d'un ciel de peinture et léchait les reliefs imprécis. Sous les masses sombres des résineux chatoyaient, telles des robes de biche, les larges rubans de hêtres pas encore dépouillés de leur feuillage mort. Le site n'avait rien de spectaculaire, ce n'était qu'un banal décor de labours et de pâtis cernés de collines boisées. Mais de cette terre son cœur était gros, gros de douleur, parce que gros d'affection. Une sorte de mal du pays, alors même qu'il se trouvait au pays. Les gens d'ici, les défunts, tous ces hommes et ces femmes ont-ils réellement disparu ? Il les sentait étrangement près de lui, comme en lui rôdant invisibles, éternels, tellement présents que ses yeux s'embuèrent. Malgré une si longue absence, le pays ne l'avait jamais quitté. Toujours il l'avait trimbalé, carré dans chaque atome de son sang, dans chaque cellule de son encéphale et dans chacun de ses gamètes. Cette contrée était sa genèse, la genèse de son langage, de ses jeux, de ses héros et de son inspiration. Encore chamboulé par les calamités de la nuit, il se sentait dans la peau de celui qui attend quelque chose... mais quoi ? Malaise adolescent, grande confusion de sentiments et de désirs. Il traversa, tel un survivant, des villages dont la désolation lui apparaissait non comme une déchéance mais une gloire, un miracle. Ces rafalés, pour peu de temps, étaient les derniers témoins d'un âge d'or, les rescapés d'une civilisation agonisante.

En proie à de crispantes bouffées de tendresse, il aurait aimé s'y fondre, s'y dissoudre et dézinguer sa carcasse fourbue dans d'ultimes noces fraternelles. Il errait dans une contrée peuplée de fantômes où les rades de sa jeunesse n'avaient plus droit de cité, en trimbalant ses souvenirs comme des reliquaires fanés : les gotons qui dansaient au bordel, prêtresses d'un culte aboli, les gaillardises de

Gus vidame de la braguette depuis longtemps au royaume des taupes, les rustres superbes, les petites pisseuses ricochant sur les marelles, les branlettes novices dans les meules de foin, les moissonneurs dévêtus et endormis, incroyablement beaux, allongés dans le seigle, l'idiot du village apostrophant les fidèles après vêpres dans la stridence des hirondelles, la gueuserie de Jacques Callot, les bûcherons des contes fantastiques d'Erckmann-Chatrian, les fastes de l'ancienne mais toujours vivace Austrasie.

⋆

L'étroit défilé qui serpente du plateau vers la vallée était asphyxié de brouillard cireux. Schott conduisait prudemment, en rasant de gros blocs de grès rose maculés de coulures fuligineuses qui suintaient sur la route. Un trajet très dangereux par temps de gel. Via mala abrupte qui sinue entre escarpements et précipices, cette route sournoise avait endeuillé de nombreuses familles du canton. La vallée de la Zorn aussi macérait encore dans la brouillasse. Il franchit les ponts du placide canal de la Marne au Rhin et de la Zorn en crue, agitée de remous et de tourbillons, un déchaînement que son nom signifiant *colère* illustrait parfaitement.

Le soleil ne perça qu'à mi-hauteur du col qui grimpe vers Zornhof et les premiers mamelons de la chaîne vosgienne. Le village s'activait dans une lumière fringante de précoce reverdie. Les écoliers venaient de décager et s'égaillaient dans les rues comme des moineaux pour la becquée.

Schott poussa jusqu'à la sortie du village, là où commence la forêt, à mi-chemin du rocher couronné des ruines d'un burg médiéval. Il obliqua sur une piste en terre jusqu'à la trouée du Chat rouge, un site magnifique en bordure des bois, avec vue cavalière sur le vieux château et les prairies qui dévalent jusqu'au village. L'auberge du Chat rouge l'attendait, intacte, exactement comme il l'avait connue dans son enfance. Gus avait été un pilier de ce lieu. On y faisait bal les fins de semaine. A l'époque, l'endroit n'avait pas bonne réputation. Schott s'imaginait parfois qu'il avait été engendré dans un bosquet du coin, lors d'une étreinte furtive par une nuit d'août. Une conception au milieu des bois, comme celle des grands gibiers, lui semblait une fabuleuse genèse. Enfant naturel au sens le plus sauvage du terme, le romancier se déridait en songeant à tous ses contemporains fabriqués dans une banale chambre à coucher avec la bénédiction du célèbre docteur Ogino.

Les vieilles forêts sont des théâtres hantés de rêves luxurieux. Les nuits d'automne, Gus l'entraînait parfois sous les frondaisons pour s'abandonner au brame des cerfs. L'écho amplifiait les rauques plaintes du rut jusqu'au fond des vallées latérales. Le garçon frémissait alors comme un jeune animal s'éveillant au grand mystère de la sexualité sauvage.

★

Le Chat rouge est une maison forestière datant de 1814, quand les Cosaques ont défilé sous les canons de Phalsbourg. Robuste bâtisse en moellons de grès couverte d'ardoises et flanquée d'une grange habillée de lattes de bois, elle a résisté à toutes les invasions. Le linteau de l'entrée porte un cœur gravé avec les noms des premiers propriétaires, Joseph Anstett et Catharina Fuchs, ainsi que la date de construction. Le fronton arbore une naïve enseigne en tôle peinte avec un gros chat roux en tenue de hussard fumant la pipe.

Le décor de la salle était récent et coquet à la façon des tavernes alsaciennes, avec des lambris de sapin ornés de motifs populaires. Il fut attendri en retrouvant au-dessus du bar, intacts, les écriteaux tranchés en biais dans des troncs de bouleaux avec des sentences pyrogravées en allemand et en français. *Crédit est mort* et *Lieber im Wald mit einer wilde Sau, als zu Hause mit einer böse Frau*, un brocard misogyne prétendant qu'il valait mieux vivre dans les bois avec une femelle sanglier que dans son foyer avec une mégère.

Une blonde en jeans, bottes et chemise rouge à carreaux lui a souhaité le bonjour avec un fort accent alsacien. Elle avait une peau claire, rose et reposée, comme si elle sortait d'une baignoire. Autour d'elle flottait un insolite parfum de rose orientale.

— En semaine je ne sers que des salades de gruyère et cervelas et des tartes flambées. Le week-end, je fais des plats de saison. En ce moment c'est l'époque du gibier. Si vous revenez ce soir ou demain, Monsieur, j'aurai du chevreuil et du civet de lièvre.

Schott opta pour une salade de cervelas et une tarte flambée. Il venait de se dire que le parfum de la rose ne se mariait pas très bien avec les fumets des venaisons, lorsque deux types s'aboulèrent dans l'auberge en tenue de chasseurs, ou plutôt en tenue militaire de camouflage, genre paras du dimanche, avec véhicule tout-terrain, lunettes noires et rangers. Des buveurs de bière. L'un d'eux avait une gueule bizarre. Schott ne comprit pas tout de suite ce qui n'allait pas. Au bout d'un moment il réalisa que le gaillard, un brun à poils durs, s'était rasé quelques centimètres de cheveux au-dessus du front pour que celui-ci paraisse plus haut. Sa tignasse étant très drue, ça lui faisait comme un serre-tête bleuté large de trois centimètres au ras du front. Son compère devait sortir du même moule, large de face et plat de l'occiput, un front très étroit sous une épaisse crinière noire en brosse. Des frères ou des cousins, à coup sûr des frangins en pochardise. Ils discutèrent en patois, tapageusement, d'une chasse en montagne avec les Heng, une certaine Angèle et un groupe d'hommes d'affaires et d'entrepreneurs d'Alsace et de Franche-Comté. Schott comprit que les Heng étaient les nouveaux potentats de Zornhof et la nommée Angèle une escaladeuse de première. Comme leur conversation virait au salace, la tenancière leur ordonna de la fermer et de déguerpir.

— Rentrez chez vous, les Dalton, la soupe va refroidir ! Vous avez assez bu et assez dégoisé de conneries.

Les deux primates avaient éclusé chacun quatre demis de picon-bière, des *amers*, comme on dit dans le coin.

— De jolis numéros, dit Schott en dialecte dès qu'ils furent partis.

— Vous parlez l'alsacien ? Je ne vous croyais pas d'ici. Votre voiture…

— Oui, elle est immatriculée en Seine-et-Marne, mais j'ai grandi dans le coin. Je m'appelle Schott.

— C'est plein de Schott par ici. Vous venez voir la famille ?

— En quelque sorte, bien que tous les Schott de la mienne reposent au cimetière. Je suis le petit-fils du menuisier Léon. Ça vous dit quelque chose ?

— Bien sûr, celui de la ruelle du château. Je me souviens surtout de votre grand-mère. J'avais douze ans quand elle est morte. Il m'arrivait de faire ses courses. Elle était gentille et très drôle. Toujours à plaisanter, ne se plaignant jamais.

— Vous souvenez-vous de Bello, son vieux chien aveugle ?

— Pauvre Bello ! Il est mort quelques semaines après elle. Une voisine, la Léonie Reimel, l'avait recueilli. Morte, elle aussi, depuis bien longtemps…

— Et vous, vous avez toujours vécu ici ?

— Oh non ! A dix-neuf ans j'ai voulu voir du pays. Je me suis tirée avec un sergent américain de la base de Mittelbronn, un Noir. Il m'a emmenée à Tullahoma dans le Tennessee. Je l'ai même épousé. Après l'armée, il s'est dégoté un boulot à Lynch Burg dans la distillerie Jack Daniel pas très loin de ce bled. Fallait être timbrée et vous pouvez me croire, je l'étais ! Quand j'ai filé d'ici je n'étais qu'une jeune bécasse. Je n'avais aucune idée de l'Amérique. J'ai vite déchanté. On vivait dans un mobil-home, la misère. Vous imaginez une blonde mariée à un Noir, dans le Sud profond, il y a trente ans ? Les Noirs ne m'ont jamais acceptée et les Blancs me prenaient pour une pute de bas étage. Pour arrondir nos fins de semaine j'ai bien essayé de trouver un boulot. Peine perdue ! Les Blancs ne voulaient même pas me parler, et les Blacks ne pensaient qu'à mes miches. Mon Harry était adorable, mais au bout d'un an j'ai déprimé. Je faisais la lessive, je grillais des travers de porc, je nettoyais ma cambuse et pour me changer les idées j'allais me baigner dans le lac Timsford. Tu parles d'une existence ! Je crevais du mal du pays. Quand je me suis rendu compte que je commençais à picoler, je me suis dit qu'il était temps de me barrer. Harry ne m'en a même pas voulu. Pourtant je ne suis pas rentrée tout de suite. Mes parents ne m'avaient jamais pardonné. J'étais fille unique, faut les comprendre ! Après le Tennessee, j'ai comme qui dirait pas mal baroudé sur la côte Ouest, au Canada, puis au Mexique, en Argentine et pour finir à Tahiti. Les phoques, les caribous et les bûcherons, les gauchos et les chevaux, les légionnaires et les vahinés. On peut dire que j'en ai vu du pays. Entre-temps, mes vieux sont morts, de chagrin disent quelques chameaux du bled, et l'auberge est restée fermée près de dix ans. Je suis revenue il y a cinq ans et j'ai rouvert. Vous ne pouvez pas savoir ce que ça m'a fait de respirer à nouveau l'odeur des sapins.

— Je crois que si ! En tout cas, vous n'avez pas perdu l'accent du pays.

— C'est parce que je n'ai jamais cessé de parler le patois. Pendant toutes ces années à l'étranger, je me causais toute seule, je m'engueulais en alsacien.

— Je constate que toutes ces vadrouilles ont changé la petite bécasse en femme de caractère. J'ai l'impression qu'il en faut beaucoup pour vous intimider. Les zigotos qui viennent ripailler ici doivent certainement vous respecter ?

— T'as pas tort, alligator !

— C'est quoi cette formule ? Jamais entendue.

— Marrez-vous ! C'est une adaptation personnelle d'une expression idiote américaine : *See you later, alligator! Siyou léteure alliguetteur!*

— Très marrant! Vous gérez l'auberge toute seule ?

— Oh que oui ! Je suis une femme libre, pas « libérée » comme disent certains. M'encombrer d'un bonhomme ou d'un associé ? Très peu pour moi, les chiens et les chevaux suffisent à mon bonheur. Cela dit, une petite bagatelle de temps en temps... Des flirts du lundi, mon jour de fermeture, mais pour rien au monde une liaison officielle. Les fins de semaine, un gars tient le bar et j'ai des filles qui servent en salle, des jeunesses du village qui se font un peu de blé. Le dimanche je reçois surtout les familles. Certains soirs c'est assez chaud ! Vous venez de voir deux spécimens des bestiaux qui se pointent ici. Quand ils ont bu ils se mettent souvent à déconner. Vous ne me croirez pas, mais il m'arrive d'en choper avec mon lasso et de les cravacher. Je suis très bonne au lasso, j'ai appris à le manier dans la pampa. J'en ai toujours un derrière le bar. Celui qui fait le malin, je te l'attrape, je te l'entrave comme un veau et le fais livrer devant sa porte par mon petit costaud. Vaut mieux qu'ils ne repartent pas en bagnole. Il y a eu pas mal d'accidents. Certains viennent de hameaux éloignés et parfois finissent dans un ravin. On m'en a rendue responsable. J'ai même dû m'expliquer avec les poulets. Alors je préfère les garrotter et les expédier tout ficelés à leurs bourgeoises ou à leurs mères. Ils reprennent leurs voitures le lendemain quand ils ont dessaoulé. S'ils habitent trop loin, certains viennent d'Alsace, du Saulnois, je les balance dans la grange pour qu'ils cuvent au frais. Tu parles d'un cirque. Faut croire que ça les amuse, car ils reviennent toujours.

— Une vraie Calamity Jane. Vous êtes épatante. Vous avez un petit nom ?

— Marlène. C'est plutôt ringard, trouvez pas ? Et vous, c'est quoi ?

— Henri, du classique.

— Eh bien, Henri Schott, comme vous me trouvez épatante, je vais encore vous épater. Savez-vous que nous sommes plus ou moins petits-cousins, du côté de votre grand-père ?

— Excellente nouvelle ! Est-ce qu'on vous a déjà dit que vos yeux étaient de la couleur des fleurs de bourrache ? Pas myosotis, pas lavande, pas pervenche, mais fleur de bourrache, un bleu rare avec des reflets mauves.

— Allons bon ! La bourrache j'en ai plein le potager en été, va falloir que j'examine ça avant de la mettre dans ma salade.

— Ma grand-mère ramassait ces fleurs, les mouillait, les roulait dans le sucre et les faisait confire sur la plaque du four. Ça donnait des petits bonbons bleus très jolis et d'un goût délicat.

— Puisqu'on en est aux sucreries, voici de la tarte aux myrtilles. Il reste toujours une petite place pour une tarte aux myrtilles avant le café et une vieille mirabelle. A moins que vous ne préfériez une framboise ?

— Une framboise ! J'en ai tant ramassé dans ces forêts quand j'étais gamin. Le vieux distillait tout, poires, baies de sorbier, myrtilles, framboises, mûres, prunes, baies de sureau, prunelles, jusqu'aux pousses de sapin. Il se médicamentait avec ça. Tous les matins il commençait la journée avec une prière et un verre de schnaps, un parfum différent à chaque fois, celui-ci pour l'estomac, celui-là pour le foie et les intestins. Drôle de pharmacie !

— Oui ! Les vieux étaient comme ça autrefois.

Elle éclata de rire, un rire de fée pensa Henri, et son cœur se mit à battre aussi fort que les percussions du *Sacre du printemps*. La fée Fleur-de-Bourrache déguisée en Cow-Girl, une cravache en guise de baguette, la mère d'Aulnoy relookée country !

Elle lui décocha un regard tendre et malicieux et lui dit qu'elle aimait ses yeux creux et fiévreux.

— T'as des yeux affamés !

— Pourtant, je n'ai plus faim du tout. Je ne suis pas un gros mangeur.

— Ça se voit, qu'elle fait en riant toujours. Henri Schott, vous êtes aussi maigre qu'une cigogne en fin de migration, mais vous savez très bien ce que je veux dire en parlant des yeux affamés. Cousin, je ne vais pas te la faire à l'estragon, si tu penses à ce que je pense, t'as qu'à monter à l'étage. Ma chambre est derrière le salon. Va te reposer, t'as l'air d'en avoir besoin, je te rejoins dans une heure. En semaine je ferme de quatre à six. Et ne t'inquiète surtout pas, si jamais il se passe quelque chose, ça ne sera jamais qu'un petit arrangement en famille.

Il dit qu'il voulait bien monter, qu'il n'avait presque pas dormi la nuit passée.

— Faut d'abord que je te présente aux chiens. Si tu déboules incognito dans l'appartement, ils vont te dévorer tout cru, beau sac d'os comme t'es !

Les doigts dans la bouche à la manière des garçons, elle siffla trois coups. Aussitôt, deux énormes bas-rouges dévalèrent l'escalier et se postèrent à ses côtés en dévisageant le client sans broncher.

— Je te présente Ronnie et Levon. Caresse-leur la tête !

— Drôles de noms pour des cerbères lorrains !

— Ronnie Hawkins et Levon Helm, le *Band,* des souvenirs d'Amérique et du Canada. Ça ne te dit rien ? *Music from Big Pink, Lonesome Suzie, Chest fever* et *Long black Veil.* J'écoutais ça des journées entières.

— Des gardes du corps rock'n roll, en plus du fouet et du lasso ?

— On ne sait jamais. Ils n'ont encore

mordu personne, mais je les ai sifflés plus d'une fois. Leur présence suffit pour ramener le calme dans la boutique. La nuit, ils couchent en bas et je ne crains pas les rôdeurs. Aux heures de fermeture, nous faisons de longues marches en forêt. J'ai construit un enclos plus bas en lisière des bois. C'est là qu'ils passent la matinée, avec les chevaux. Ils rentrent pour déjeuner et restent au salon, prêts à bondir dès que je siffle. Ils savent ouvrir et refermer les portes. Allez les enfants, accompagnez cousin Henri !

*

C'était une chambre de garçonne. Un grand lit sans cadre recouvert d'une couette et de draps à motifs écossais, une selle de cuir damasquinée avec des argentures ciselées, un meuble bas à tiroirs en pin ciré, trois photographies encadrées : Marlène jeunette coiffée à la Bardot, blottie contre la poitrine d'un soldat noir, Marlène à cheval avec des gauchos moustachus posant comme de féroces pistoleros, Marlène, toujours à cheval, nue jusqu'à la ceinture, galopant sur une plage de Polynésie. Comme lampe de chevet, une grande coquille publicitaire Shell des années cinquante montée sur un petit pneu. Sur une table basse, quelques magazines hippiques, des revues de nature et de pêche et des publicités pour voitures tout-terrain. Un porte-cintres à roulettes avec des jeans, des pantalons de velours, des chemises d'homme, des blousons de cuir et un vieux duffle-coat élimé. Sur un présentoir, impeccablement cirées, quatre paires de bottes fauves et noires de modèle texan et une collection de chapeaux de cow-boys et de casquettes. Aucune fanfreluche, pas de jupon en soie ni de déshabillé galant, pas même une robe. Cuir, tabac, un mâle bouquet troublé par une légère note d'essence de rose orientale.

Le voyageur s'est glissé tout habillé sous la couette, tel un hors-la-loi dans le repaire de Martha Canary ou Cattle Annie. Les chiens se sont allongés à côté du lit en poussant de petits grognements et des soupirs de satisfaction. Ronnie et Levon, étranges avatars de rockeurs oubliés, métamorphosés en clébards. Pédalant pattes en l'air, le plus costaud rognonnait comme une louloute amoureuse, l'autre se frottait le museau contre le flanc du lit, les yeux révulsés. Schott s'endormit en grattant doucement la petite bosse derrière l'oreille du chien, une des caresses favorites de ces créatures voluptueuses. Il en connaissait un bout sur la sensualité canine, persuadé que dans une existence antérieure il avait été loup. Quand sa main s'engourdissait, l'animal lui donnait de timides coups de museau suivis de léchouilles.

⋆

Elle était là à le regarder dormir, la grande Fleur-de-Bourrache rescapée d'un chimérique western, posant sur lui des yeux bleus et tendres. Dormait-il seulement ? Ou était-ce une pudeur craintive qui lui gardait les yeux fermés ? Allongé, il avait l'air encore plus décharné, celui d'un convalescent ayant définitivement renoncé à guérir. En voyant ses yeux bordés de sombreur bleue, elle fut prise d'une émotion comme elle n'en avait pas ressenti depuis longtemps. Elle épiait le moindre mouvement du dormeur, crispée d'attendrissement, se demandant quelle audace l'avait poussée à inviter dans sa chambre un homme qui ne lui avait pas fait la moindre avance et qui, peut-être, ne s'intéressait même pas aux femmes. Confuse, elle allait se retirer lorsqu'une main prit la sienne. Alors elle s'est allongée contre lui, a embrassé ses paupières closes, ses joues pas rasées et ses lèvres pâles, puis elle a blotti tendrement sa tête contre son cou.

Quand elle s'est déshabillée, le voyageur d'hiver a respiré une délicate brise de rose et ce fut comme un printemps. Il s'enfouit en elle, se grisant de son parfum comme une cétoine égarée qui aurait trouvé une rose en plein hiver. Il lui a chuchoté : *Ihr lacht wohl über den Träumer, der Blumen im Winter sah* * ?

Elle lui a demandé ce qu'il fredonnait. Il lui dit que c'était une mélodie de Schubert, un compagnon qui ne l'avait pas quitté depuis son retour en Lorraine, et que son parfum lui rappelait le dormeur rêvant de fleurs en plein hiver, et qu'il était heureux d'être là, heureux d'être avec elle.

En fin d'après-midi elle voulut lui montrer ses chevaux. Il était en paix, comme assoupli,

---

* « Vous riez donc du dormeur qui voit des fleurs en hiver ».

et rasé de frais. Ils avaient pris un bain ensemble, un rituel d'amants jeunes et pleins d'espoirs. Dans la baignoire, elle l'avait barbouillé de mousse et rasé délicatement, en lui tenant la nuque de l'autre main. Le sourire de cette femme, le lyrisme de son sourire qui proclamait la joie d'exister avait réveillé en lui quelque chose de juvénile, un plaisir d'éclore.

Des nappes de brume s'étiraient sur le village et dans le fond des vallées, uniformément blanches et denses comme des suaires, d'où émergeait l'harmonieuse échine noire des chaînes de montagne. Mais sur les hauteurs où ils cheminaient, une lumière caressante rasait les prés et les bosquets, éclairant les arbres, l'auberge et les piquets de clôture avec une minutieuse précision.

Soudain, aiguillonné par une ardeur incontrôlable, Schott s'est mis à courir comme un garenne. Il a dévalé le pâquis de bruyère jusqu'à la barrière du ranch, talonné par les chiens qui gueulaient comme des rockeurs survoltés.

— On dirait que mes lascars t'ont adopté. Henri Schott, avec ton gabarit de désossé, tu m'as l'air pourtant souple et agile comme un lévrier pur-sang.

— Comme tu y vas. Si tu me connaissais, tu ne parlerais pas de pur sang. Un lévrier ? Plutôt un vieux lièvre quelque peu ragaillardi parce qu'il retrouve des arpents sur lesquels il a boultiné dans sa jeunesse.

Les chevaux sont accourus au galop en reconnaissant Marlène, de magnifiques bêtes, des demi-sang, deux juments baies avec des balzanes et un étalon fauve.

— A ceux-là aussi t'as donné des noms de rock stars des années soixante-dix ?

— Non ! Les filles s'appellent Mariposa et Criollita et l'étalon Caminito.

— Je vois, l'Argentine.

— Exactement ! Ce sont des titres de tangos. Carlos Gardel. J'adore le tango. Tu sais, en Amérique j'en ai bavé, mais dans la pampa j'ai vraiment été heureuse. Ce pays me manque souvent, alors j'écoute ces vieux airs et puis je me promène seule sur les collines. Parfois la beauté du paysage me remplit de tristesse, d'une tristesse couleur de tango, nostalgie, solitude, tu vois le genre.

— Je vois, mais ça ne correspond pas vraiment à ton image de cravacheuse. Où est la célibataire professionnelle de ce matin ? J'ai l'impression que parfois ça palpite drôlement sous ta veste d'amazone.

— T'inquiète. Je me débrouille. Je sais gérer mes palpitations, cousin. Mes états d'âme, j'arrive à les résoudre toute seule.

Caminito, que el tiempo ha borrado
Que juntos un dia nos viste pasar
He venido por ultima vez
He venido a contarte mi mal...

— Tu chantes drôlement bien.

— J'ai appris chez les gauchos. J'ai même fini par les épater. Je connais presque tout le répertoire de Gardel. Le soir dans les estancias, je chantais près des braseros et les vieux vachers me mettaient des cigarettes allumées au bec après chaque chanson. Ils étaient formidables, ces vieux tout secs et burinés, mais débordants de sève et de nostalgie.

Hochant de la tête par-dessus la barrière, les pouliches offraient leurs têtes à la caresse. Schott effleura de sa paume les naseaux de velours gris.

— Existe-t-il au monde quelque chose de plus doux, de plus onctueux ?

— Tu es un voluptueux, Henri Schott, comme seuls le sont ceux qui aiment les bêtes. Est-ce qu'il y a des animaux dans tes livres ?

— Pour le savoir, il faudra que tu les lises. Je vais demander à mon éditeur de t'en envoyer quelques-uns. Tu y croiseras quelques spécimens qui, s'ils ne vivaient debout, seraient peut-être moins féroces. Je veux parler des humains. L'évolution de notre espèce est fautive.

— J'y connais pas grand-chose en biologie, mais je pense que t'as raison. Pourquoi donc suis-je seule et assez heureuse ? La compagnie des chevaux et des chiens remplace le reste, encore que chez ceux-là aussi tu peux rencontrer de belles carnes. Vise un peu l'étalon ! Tu remarqueras qu'il ne s'est pas approché de nous. Une vraie tête de lard. Je suis seule à pouvoir le monter, mais seulement si c'est son jour. Je crois qu'il est timbré. En tous les cas, c'est un vicieux. Je me méfie toujours de ses réactions. Quand il est énervé ou de mauvais poil, je lui fiche la paix, exactement comme s'il n'existait pas. J'ai connu des cow-boys qui adoraient mater les chevaux récalcitrants. Des trucs de mecs qui aiment la compétition. Faut toujours qu'ils aient le dessus... Mais je ne vois pas le Cobarde.

— Qui est-ce ?

— Un poney, un brave type, celui-là. Cobarde, ça veut dire poltron, de la chanson *Corbardia.* Il doit ronfler dans sa cabane. Les dimanches d'été, il promène les enfants. Les familles viennent pour lui. Je dois à ce poltron une partie de mon chiffre d'affaires. Ça te dirait une balade à cheval ? Aujourd'hui c'est trop tard, mais demain après-midi ?

— Je ne suis pas monté depuis des années et puis. demain je vais sans doute reprendre la route.

— Avec ton ami Schubert ! En te voyant caracoler, je pensais que tu te trouvais bien ici. Est-ce que quelqu'un t'attend chez toi ? Mais tu n'es pas obligé de me répondre.

Il ne répondit pas. L'épais voile noir qui depuis toujours défendait sa profonde intimité venait de s'abattre sur lui : l'impossibilité qu'il avait de parler de soi, de se confier même aux amis de longue date. Il n'avait jamais tenu de journal.

— Excuse-moi, je ne voulais pas être indiscrète. Malgré les apparences, je suis tout de même une gonzesse et je me demandais si t'avais une vie amoureuse.

— En amour, disons que je suis un nomade, une sorte de routard. Personne ne m'attend et mon chien est mort depuis six mois.

— *Routard de l'amour*, un beau titre pour un roman. Tu devrais t'y coller. Ça ferait sûrement un tabac. A propos de routards, figure-toi que je suis dans leur guide, avec un commentaire assez marrant : « Le Chat rouge, jolie escale de petite montagne. Plats vosgiens servis par une cow-girl qui n'a pas le blues. »

— C'est une allusion à un roman de Tom Robbins, un auteur américain complètement azimuté. On en a même fait un film dans les années quatre-vingt-dix. Ça s'appelait *Even Cowgirls Get the blues*. Ça prouve que le rédacteur du guide a de l'humour et des lettres. Tu lui as sans doute fait forte impression avec le coup du lasso et tes clébards de fan-club. Tu te souviens de lui ?

— Et comment ! Son guide est le seul qui cite ma cantine. Le mec était bien balancé, la trentaine et demie, terriblement timide, mais avec un de ces appétits. Il a englouti trois tartes flambées en cinq sec, avec du coca, sans s'arrêter de cloper.

— Déplorable ! J'espère que tu l'as corrigé.

— Je ne te ferai aucune confidence, Henri Schott, comme toi j'ai ma pudeur.

— Allons, allons, pour qui me prends-tu ? Je ne parle pas de cravache ou de ligotage. Je pensais au coca. Tu aurais pu lui conseiller un riesling.

— Je ne suis pas conseillère en gastronomie. Je fiche la paix à mes clients et leur donne ce qu'ils demandent. S'ils désirent un lait fraise avec une choucroute, ça ne me gêne pas. Un jour j'ai eu des Japonais qui ont descendu une bouteille entière de schnaps de framboise avec un ragoût de chevreuil. Allons-y, faut que je prépare la salle. En général j'ai du monde le vendredi soir.

— Marlène, je vais peut-être rester dans le coin encore un jour ou deux. Tu peux me garder une table pour ce soir. Je vais prendre une chambre à l'hôtel du château.

— Ah oui ? Mon lit et ma baignoire sont trop petits pour toi ?

— Je... ne veux pas te déranger.

— Ce que tu peux être compliqué, Henri Schott ! Ne fais pas l'écrivain, prends les choses comme elles viennent. T'es mon cousin, bon alors considère le Chat rouge comme ta maison de famille et monte ton sac dans ma chambre sans faire d'histoires.

⋆

Compliqués comme sont les écrivains ! Mais comment être simple sans se renier ? S'asseoir et ne plus rien faire qu'écouter, puis raconter des histoires avec des phrases simples, des mots de tous les jours ? Se dépouiller de ce qu'on est réellement ? Brider un cœur qui sans cesse vers son labeur retourne, un cœur saturé d'allégories et de musiques, lourd de tous les deuils que les crépuscules ravivent, un cœur de vieille race chevauchant sans trêve par des contrées qui n'existent plus, prospecteur inlassable en quête de mystères, et qui raconte l'amour et le dégoût des hommes avec des mots qui ne sont que les siens, en s'exposant à l'incompréhension de tous ? Est-ce qu'on écrit pour tuer le temps en attendant la barque du funèbre nocher, pour se libérer de l'âpre étreinte du réel, du périssable ? Est-ce qu'on écrit parce qu'on ne sait pas vivre et que le cœur s'épouvante à la vue d'un calendrier ? Demander à l'écrivain d'être simple, c'est demander à l'éclopé de ne pas boiter. L'écrivain est singulier, incompréhensible, tenaillé nuit et jour par un désir qu'il n'assouvit jamais. Ses ébauches ne touchent sans doute vraiment que quelques-uns, ceux qui écrivent aussi, et de rares lecteurs qui savent que la simple vue d'un étang peut faire mal, ceux qui comprennent le jargon des ramures dans le vent d'octobre, s'émeuvent devant le visage hébété d'un réfugié sur le quai d'une gare, devant un vieux chien qui claudique, et qui s'émerveillent à la vue d'un citron mûr. Ceux qui comprennent que certains mots recèlent des secrets sauvages que les mots d'ordinaire ne divulguent pas. C'est ça les écrivains, tout ça plus une bonne dose d'ironie. En effet, Marlène, ce sont là des types assez compliqués.

Mais Marlène était bien trop occupée en salle pour écouter de pareilles élucubrations. Son public réclamait des nourritures exclusivement terrestres. Fleur-de-Bourrache virevoltait entre les tables, souriante, plaisantant avec son monde et aussi experte à tenir cinq bocks dans chaque main qu'une serveuse bavaroise de l'Oktoberfest.

Pâtés de sanglier, plateaux « du chasseur », choucroutes, cochonnailles, tartes flambées aux lardons, puissantes venaisons, méphitiques munsters, rien que du solide, de la nourriture d'hommes, des voraces qui s'en mettent plein le fusil et qui en redemandent. « Ce qui est dedans est dedans », « C'est toujours ça que les Prussiens n'auront pas ! », des maximes sonnant mieux en dialecte et qui, dans leur trivialité, prouvent que les traditions ripailleuses de l'ancienne Alsace-Lorraine ont encore de beaux jours devant elles.

Contemplant cette frénésie de mangeaille et de beuverie qui bravait allégrement les interdits imposés par la mode « cuisine minceur », Schott se désopilait devant un jarret de porc en pensant aux nouveaux sectateurs de la gastronomie chic et snob qui se pâment devant soixante-treize grammes de tagliatelles garnies de huit pétoncles et de six feuilles de basilic ciselées, fastueusement ondoyées d'huile d'olive toscane plus pure et plus vierge que les pucelles de Botticelli, ou qui crient au miracle devant trois haricots verts aromatisés de quelques gouttes de vinaigre balsamique millésimé, la folie du moment, le tout servi au tarif peau de fesses.

Une gamine grassette, une vraie petite boule de saindoux, ne cessait de grimacer quand Schott la lorgnait. Elle s'empiffrait de cochonnailles, encouragée par des géniteurs aux petits soins. Le tableau aurait enchanté Vinci ou le physiognomoniste Lavater, car ce trio était l'illustration parfaite des planches où ces artistes dévoilent la ressemblance de certaines bobines avec les faciès du règne animal. Le père avait une tête de bouledogue. La fillette tenait de sa maman. Cette charmante famille confirmait une théorie de Schott, à savoir que les gens finissent plus ou moins par ressembler à ce qu'ils mangent. Pas commode, Cochonnette, sans doute fille unique gâtée par des parents qui n'en revenaient pas d'avoir si bien réussi à maintenir le standard. Une terreur des cours de récréation. Princesse au Royaume charcutier, peut-être, mais qui jamais ne sera élue reine de la myrtille à la fête du village.

Deux tables plus loin, un groupe de jeunes gens festoyait autour d'un cuissot de sanglier en polémiquant au sujet d'une battue prévue pour dimanche. Des gars de village, souples et fringants, tout ce qu'il faut pour se faufiler dans les broussailles, ramper dans les sapinières et grimper sur les rochers. Des traqueurs embauchés par les maîtres de chasse pour la pratique de la *pirsch*, un terme allemand pour désigner la chasse à l'approche dans la forêt domaniale en Alsace et Moselle. Le barman du week-end, « mon costaud » comme disait Marlène, ne chômait pas derrière son zinc. Un véritable expert de la manette des pompes à pression et de la raclette en bois pour raser les faux-cols, à croire qu'il avait fait ses classes dans une grande brasserie. Près de l'entrée, un vieil homme, seul à table, venait de terminer son dîner et prenait un café devant le *Républicain lorrain*. Schott demanda à Marlène s'il était du village.

— Le père Lambour ? J'te crois qu'il est du pays, c'est même notre doyen. Quatre-vingt-treize balais aux prochaines jonquilles, et comme tu vois, toujours bon pied, bon œil. Vise un peu le phénomène ! Il lit le journal sans lunettes. Un sacré marcheur qui connaît chaque rocher, chaque arbre, chaque tanière de martre ou de renard. Le roi de la forêt ! Pendant plus de quarante ans il a été garde forestier au Stierkopf, la maison forestière sur le plateau après la chapelle Sainte-Barbe. Aujourd'hui il braconne, mais ne va pas le répéter. Cela dit, tout le monde est au courant, mais on lui fiche la paix. Même les chasseurs la bouclent. Il m'approvisionne et comme il ne veut jamais d'argent, je l'oblige à dîner ici au moins deux fois par semaine.

— Invite-le à ma table pour un digestif !

⋆

A peine assis à la table de Henri, le vieil homme s'est souvenu du grand-père Schott : « Un artisan honnête et consciencieux comme il n'y en a plus. C'est lui qui a fabriqué nos meubles quand je me suis marié en 36. Vous verriez ça ! Tout le monde veut m'acheter l'armoire en noyer. Cela dit, il n'était pas toujours commode. Il n'a pas eu de veine avec ses enfants. Tous partis loin en France. Personne pour continuer la menuiserie. Le seul qui soit resté au pays ne valait pas grand-chose. Vous êtes le fils de qui ?

— De Lise, Lisel comme on l'appelait.

— Ah oui, une très jolie fille. Je ne me souviens pas bien d'elle, je crois qu'elle est partie très jeune de Zornhof, elle aussi. Est-ce qu'elle est toujours en vie ?

— Hélas non, elle est morte en Alsace, quand j'avais dix ans.

— Pauvre garçon, quelle tristesse ! Ce sont les enfants qui devraient fermer les yeux de leurs parents, pas l'inverse.

— Le vieux Schott n'a pas fermé les yeux de ma mère. Il ne s'est même pas pointé à l'enterrement.

— C'est curieux, un homme si pieux. Mais ça ne veut rien dire. J'en ai connu de ces bons paroissiens qui ne manquaient ni messes ni vêpres, mais qui avaient le cœur plus dur qu'une trogne de hêtre. Moi j'ai jamais mis les pieds dans une église, mais si mon fils meurt avant moi, j'ai un fils au

Canada, ben j'prendrai l'avion pour l'enterrer, même si j'ai cent ans. Un beau pays le Canada !

— Pourquoi ne pas rendre visite à un fils en vie ? Ce serait tout de même plus gai.

— Sûr ! Il m'invite chaque année, mais rien à faire, je n'arrive pas à quitter Zornhof. Je ne peux pas laisser mon chien, ni mes copines.

— Vous avez des petites amies ?

— Quelques-unes, pas vous ? Qu'est-ce que vous pensez de Marlène ?

— Je la connais à peine. Elle n'est pas banale.

— Dites qu'elle est formidable. Elle en a fait voir de toutes les couleurs à ses vieux. Je ne crois pas qu'il y ait un au-delà, mais si c'est le cas, ils doivent être drôlement contents de voir comment elle gère l'auberge aujourd'hui. Moi ça m'aurait plu d'avoir une fille comme ça, mais je n'ai eu que ce fils. Ça va, il se débrouille bien. Il dirige une scierie dans un coin perdu, près d'un bled qui s'appelle Jasper.

— Forestiers de père en fils ?

— Il a toujours vécu en forêt, mais quand

il est revenu de l'armée il avait le feu au cul. Une vraie maladie, exactement comme la Marlène. Depuis qu'il est installé au Canada, plusieurs gars de Zornhof sont allés le rejoindre. Ça doit être contagieux, cette fièvre du voyage. Et vous, jeune homme, que faites-vous ?

— Jeune homme ! Comme vous y allez. J'ai presque soixante ans.

— Vous pourriez être mon petit-fils.

— Je suis écrivain.

— C'est un métier ? Vous travaillez dans les journaux ?

— Non, j'écris des livres, des romans.

— Je vois, c'est pour ça que vous êtes si maigre. J'ai jamais lu de romans, mais je possède pas mal de vieux bouquins sur les forêts, les animaux, les plantes, les champignons, les oiseaux, les insectes, des livres en allemand. Ah mais... voilà le gratin qui rapplique ! Reprenez une mirabelle, mon petit, et préparez votre stylo. Des comme ça, ça ne se trouve plus que dans les romans.

Les abrutis qui s'étaient défoncés au picon-bière le matin se sont alors pointés, précédés de deux individus en loden vert et d'un garçon d'une douzaine d'années à la raie impeccablement tracée. Les butors ont foncé directement vers le bar, sans saluer personne, et les deux lodens sont allés serrer les mains à la table des chasseurs.

— Ça sent le patronat, a murmuré Schott en remarquant la déférence avec laquelle les jeunes gens accueillaient les nouveaux venus.

— Les nouveaux rois du pays ! Plus de quatre-vingts camions. Les transports Heng, messageries, déménagements, travaux de chantiers, livraisons internationales, import-export. La maison mère est ici, mais ils ont des succursales à Metz et à Strasbourg. Plus de trente millions d'euros de chiffre d'affaires ! Les trois quarts du village bossent pour eux, routiers, mécaniciens, déménageurs, secrétaires. Bref, ils font vivre la région. Je crois que personne ne les aime, mais personne ne moufte. Cela dit, il n'y a pas à se plaindre d'eux, ils paient bien, financent l'équipe de foot, arrosent copieusement la commune et la paroisse, organisent des banquets et filent des cadeaux de Noël aux vieux et aux employées chaque fois qu'elles accouchent. « Une grande famille », comme ils disent.

Chez les Heng tout se règle en famille. Pas besoin de délégués syndicaux, jamais de grève, tout le monde est content. Ceux à qui ça ne plairait pas sont libres de travailler ailleurs.

— Y en a ?

— Quelques-uns, ceux qui partent au Canada !

— Et que fichent les boss avec ces deux primates ?

— La famille, toujours la grande famille. Ces deux-là sont des cousins pauvres du côté de la vieille, des pochetrons du genre malfaisant. Rassurez-vous, ils ne conduisent pas de camions. Le plus taré se contente de les laver, l'autre s'y connaît un peu en mécanique. Pour éviter qu'ils ne foutent le bordel ailleurs, les Heng les ont embauchés comme hommes à tout faire. Quand ils ne sont pas bourrés, ils aident parfois au chargement. A vrai dire, je crois qu'ils ne fichent pas grand-chose. Ils émargent au rayon charité. Leur truc, c'est la chasse. De vrais tueurs ! Ils ne respectent rien ni personne en dehors des Heng qui sont leurs dieux. Les frangins les trimbalent partout, comme des rottweilers, mais sans laisse.

C'est d'ailleurs bizarre, parce qu'ils se la jouent assez snob, les frangins : rotary, parties de chasse avec les rupins. Les deux bestiaux doivent faire tache au milieu de ce linge. Moi je me marre, en attendant l'accident.

— Quel accident ?

— J'en sais rien, mais un de ces jours il pourrait bien s'en produire un, parce qu'ils sont bagarreurs. Un accident de chasse quand ils sont ivres, ou un scandale avec une fille. J'aime autant vous dire que la Marlène les a cravachés plus d'une fois. Avec elle ils se montrent prudents et ne la ramènent pas trop. Pour ne rien vous cacher, on raconte qu'il y a déjà eu des histoires pas très jolies, des viols avec violence. Les Heng ont arrangé les choses avec leur pognon et je crois que depuis, ils les surveillent de près.

— Qu'est-ce que je vous sers, patrons ? a demandé le barman.

— Des cafés avec deux cognacs, et un panaché avec beaucoup de limonade pour le petit.

Le vieil homme des bois a confirmé que le barman travaillait aussi à la Heng bros.

Schott se dit que, décidément, c'était beau, une grande famille comme ça.

Les dirigeants ont tombé leurs lodens pour s'asseoir à la table des traqueurs pendant que les deux bœufs restaient cramponnés au bar à dégoiser.

— Ils organisent la chasse de dimanche, le pain et le cirque pour tous ces prolos. Non seulement ils bossent pour les Heng toute la semaine, mais il faut qu'ils remettent ça le dimanche. Ça ne les gêne nullement de servir de larbins aux bourgeois qui organisent ces tueries et de poser comme des cons devant le tableau de chasse. « Un hommage des chasseurs à leurs proies vaincues », disent-ils ! Après, ils collent les trophées dans leurs salons. Ils feraient mieux d'y accrocher leurs propres cornes, tous ces cocus.

— Dites donc, vous ne les portez pas dans votre cœur, ces Nemrod du dimanche.

— Tu parles. Ils se présentent comme les gardiens de la nature, les conservateurs de la vie sauvage. Qu'est-ce qu'ils y connaissent à la nature, tous ces cadres dits supérieurs, ces médecins de mes deux et ces chefs d'entreprises ? Y a plus de vie vraiment sauvage. Les forêts sont gérées et entretenues par des fonctionnaires. Ils justifient leurs carnages par les ravages des sangliers dans les cultures. Foutaises ! Ils prétendent qu'il n'y a plus de prédateurs naturels pour réguler le gros gibier, mais quand on introduit le lynx dans les Vosges, ils crient au scandale. Concurrence déloyale pour les chasseurs ! Ils trouvent qu'il y a trop de gibier, mais ce sont eux qui font tout pour qu'il abonde. Les animaux prétendus sauvages sont en réalité nourris par les gardes-chasse. Aujourd'hui, la chasse, c'est de l'élevage, de la gestion.

— Vous ne chassez pas ?

— Je peux bien vous le dire, je braconne un peu, seulement du petit gibier, des garennes, de temps en temps un lièvre, comme les paysans d'autrefois quand ils voulaient se payer un civet le dimanche. En ce temps-là, on chassait pour se nourrir et pour varier le menu. Un bon râble mariné pour changer du cochon salé. Mais quand je vois tous ces riflots qui posent en héros devant trente sangliers alignés, éventrés, y compris des laies, et parfois aussi des renards, ça me donne la nausée. Savez-vous que certains vont jusqu'à s'enduire du sperme d'un grand mâle pour troubler les sens des cerfs ? Non, non, croyez-moi, le plus sauvage des braconniers est bien plus près de la nature que le chasseur prétendument en règle avec le Code. Tiens en voici un qui ne chasse jamais. Il est pourtant de la famille.

Un type d'une trentaine d'années venait d'arriver, en jeans, pull à col roulé et baskets. Sans un regard pour la salle, il est allé serrer la main de Marlène et du barman et s'est assis seul à une table.

— T'as encore eu une scène de ménage ? lui fait l'un des Heng.

L'homme resta impassible et ne leva même pas les yeux. Un des tarés du bar s'est alors mis à chanter : *Lustig, das Zigeunerleben, faria faria ho* *!, une chanson populaire aussitôt reprise en chœur à la table des jeunes gens. Les frères Heng se tordaient de rire.

— Drôle d'ambiance, c'est quoi ce cirque ?

— Des salopards ! Le petit gars qui vient d'arriver, c'est Mathias, le mari d'Angèle

* « Joyeuse est la vie des tsiganes », célèbre refrain dont il existe une version française : *Chante et danse la bohême.*

Heng. Ses parents étaient des tsiganes. C'est toute une histoire. Quand il a épousé la frangine, les Heng n'étaient pas encore les nababs qu'ils sont aujourd'hui. C'était une petite affaire familiale, presque misérable. Le père vivait encore, un type sympathique qui transportait le bois avec deux vieux camions. Mathias, c'était le héros du bled, le meilleur footballeur qu'on ait jamais eu, et Angèle la plus jolie fille du canton. Ils se fréquentaient depuis l'enfance. Maintenant que les Heng sont multimillionnaires, Angèle joue les grandes dames dans sa Mercedes, mais le Mathias est resté le même, un bon garçon. Pourtant, elle lui en fait baver ! Une vraie garce, et les frangins sont pires encore. Mathias travaille dans l'entreprise comme chauffeur. Pour ce pauvre garçon la sacro-sainte famille n'a même pas les égards qu'elle témoigne aux employés. Il est traité comme le dernier des derniers, tout ça parce que son pedigree romanichel ne colle plus avec le nouveau statut social de la famille.

— Et les deux cousins, ils ne font pas tache ?

— Ah ! mais ces deux-là sont de la parenté

par le sang, on les accepte comme ils sont. Mathias n'est qu'une pièce rapportée.

— Pourquoi il ne se tire pas ?

— Il a deux enfants. Il les aime. Pourtant, ils ne tiennent pas de lui, ces petits péteux plus snobs encore que leur mère. De vraies gravures de mode, qui ne se mélangent pas avec les enfants du village. Cette tribu, c'est un feuilleton américain, genre Dallas-sur-Zorn. Moi je les trouve répugnants, et surtout très cons. Mathias, c'est l'exception, le seul qui soit fréquentable, mais il est tricard sous son propre toit. Non seulement on le traite de romanichel, mais il y a deux autres crimes que cette race de viandards ne lui pardonne pas : Mathias déteste le fusil et ne boit jamais d'alcool. Lui, c'est un homme de la nature, il connaît tous les noms des plantes et des insectes. Je le rencontre souvent, tôt les dimanches matin quand il se balade dans les bois avec son chien, et il nous arrive même de faire un bout de sentier ensemble. Depuis quelque temps, il s'est beaucoup refermé sur lui-même. C'est un solitaire, le Mathias.

Excédée, Marlène a mis fin au charivari,

avec l'autorité d'une patronne de saloon prête à dégainer un pistolet de jarretière.

— Non mais, où vous croyez-vous ? Fermez vos gueules, bande de coyotes, ou j'appelle mes chiens.

Le calme revenu, elle a traversé la salle en toisant les chansonniers pour porter une assiette à leur tête-de-Turc. Pendant tout le chahut celui-ci était resté impassible, cambré sur son siège, les mains croisées derrière la nuque en fixant les railleurs avec le détachement glacé et aristocratique des gitans.

Apercevant le père Lambour, il a souri et lui a fait un petit signe de la main.

A plusieurs reprises, Schott s'est aperçu que Mathias l'observait, non pas à la dérobée, mais franchement, avec insistance et curiosité.

— Le gars est en train de se demander qui peut bien être mon mystérieux compagnon de table. Il n'arrête pas de vous lorgner. Je pense qu'il ne va pas tarder à être fixé. Vous allez voir qu'il va interroger Marlène. Je trouve ça très curieux. D'habitude il ne se mêle pas des affaires des autres.

Quand Marlène a présenté l'addition, le

gitan lui a chuchoté quelque chose à l'oreille. Elle a levé les yeux sur Schott en acquiesçant.

Avant de quitter l'auberge, l'homme est allé serrer la main du vieux braconnier.

— Bonsoir, Monsieur, a-t-il fait à Schott, avec un regard chaleureux.

CHAPITRE 5

Mathias

Er hätt es eher bemerken sollen
Des Hauses aufgestecktes Schild,
So hätt er nimmer suchen wollen
Im Haus ein treues Frauenbild.

Winterreise. Die Wetterfahne

Il aurait dû observer plus tôt
Le symbole gravé sur sa maison
Ainsi n'aurait-il plus cherché dans son foyer
L'image d'une femme fidèle.

Voyage d'hiver. La girouette

Ça faisait un bail que Mathias ne prenait plus la vie du bon côté. La veille, en rentrant du Chat rouge, il était tellement à cran qu'il avait dormi dans le camion avec son chien. Ses tentatives de conciliation avec Angèle finissaient toujours en bagarre. Quant aux beaux-frères, il avait définitivement renoncé à leur adresser la parole en dehors du turbin.

Alors que personne ne travaille le samedi, ces salopards s'arrangeaient depuis quelque temps pour lui coller une corvée urgente. Et pour mieux bousiller ses projets, ils ne le prévenaient qu'au dernier moment, en général le vendredi soir, et sur le mode faux derche : « Désolés, Mathias... on est vraiment coincés y a que toi qui puisses arranger ça... »

Au début il ne rechignait jamais, pensant vraiment rendre service, mais petit à petit les urgences étaient devenues hebdomadaires. Ce harcèlement ajouté à toutes les autres vexations commençait à bien faire. Quand la coupe est pleine, les natures les plus pacifiques voient rouge, et quand celles-ci voient rouge, les gitans voient écarlate.

Les annales manouches recèlent maints poignards enfouis dans leur mémoire mystérieuse. A l'auberge, Mathias avait encaissé sans broncher le camouflet de la rengaine tsigane. On la lui avait servie trop souvent. Pas une fête de famille sans qu'un abruti n'entonne cette rhapsodie à un moment ou à un autre. Il est vrai qu'elle appartient au patrimoine populaire, comme *Auprès de ma blonde* ou encore *Drink, Brüderlein drink !* C'est une chanson tout ce qu'il y a de gai, célébrant la vie insouciante et libre des enfants du voyage. Profanée par de pareils connards, elle dégénérait en hymne raciste. Jusqu'à ce jour on ne la lui avait jamais infligée dans un lieu public. Pour ne pas sortir de ses gonds, il avait pensé à sa mère, une femme fière et cependant tendre, qui avait toujours essuyé les railleries avec le dédain silencieux d'une souveraine exilée d'ancienne race. Sa mère lui manquait, et depuis la débâcle de son ménage, elle lui manquait plus cruellement encore. Il lui rendait visite au cimetière avec des bouquets de bruyère, de reines-des-prés, de menthe poivrée, des gerbes de chélidoines, de berces, de bardanes et de mélisses, toutes ces plantes dont elle lui avait enseigné les vertus. En déposant ces simples sur sa tombe, comme des tisanes d'éternité, il imaginait qu'elle vivait encore, ailleurs, mais toujours présente, et il lui parlait. Il lui racontait tout, comme autrefois, persuadé qu'elle écoutait attentivement et qu'elle lui répondrait dans ses rêves. Dans les temps anciens, parce qu'elle se promenait dans les bois la nuit, les villageois auraient sans doute livré sa mère aux flammes en l'accusant de sorcellerie. Les esprits superstitieux la craignaient confusément et colportaient de grotesques rumeurs d'envoûtements, de tarissement de vaches, de marmites diaboliques, mais au moindre bobo ils se précipitaient chez la vieille Olga Winterstein pour quémander une potion. C'était gratuit, et souvent efficace. A peine rétablis, ils se remettaient à propager des absurdités.

⋆

La vallée baignait dans une grisaille de crypte, le jour peinait à se lever. Mathias traversait les villages aux volets clos, maudissant son sort et rêvant du chant joyeux d'une aube plus pure. Quels songes ferment encore les paupières des dormeurs de la férie ? Quels secrets, quels fantômes derrière les murs de leurs maisons ? Leurs jours, leurs nuits, leurs semaines et leurs dimanches étaient-ils pleins de musiques et de lampions ou, comme les siens, saturés d'arômes amers, de poisons et de cendres ?

Que veulent-ils, tous ces charognards de la coterie Heng ? Est-ce ta grâce brune, ton regard d'ombre qui leur tapent à ce point sur les nerfs ? Où veulent-ils t'acculer, ces abrutis plus pourvus en lipides qu'en neurones, pour qui faire la fête veut dire picoler puis envoyer des camions dans les fossés, ces viandards qui ne jouissent qu'en massacrant des animaux ?

C'est ton cœur, ton cœur plein de feu, de sang et d'amour qu'ils sifflent.

Il est des chagrins qui ne guérissent qu'avec une corde. Plus d'une fois tu as songé à ce dénouement. Alors tu t'évades dans les rêves, en croyant que rêver c'est mieux que vivre et insensiblement, tu tisses ton désespoir, plus inexorable que la Parque. Sors de ta nuit, Mathias ! Ce qui est vraiment beau et bon, c'est le réveil ! Tu saisis ces paroles ? C'est la voix de la vieille race des nomades, le réveil, le miracle de la campagne du matin, le chant d'hier qui te dit que le monde est vieux, mais qu'hier ne finit jamais.

Dans ta solitude, nous sommes avec toi et nous soufflons sur la braise. Réveille-toi, Mathias, et laisse la braise s'embraser. Tu conduis ton bahut, esclave d'une tribu qui n'est pas la tienne et tu observes les flancs des montagnes ravagés par la tempête. Tu contemples la forêt décimée en te disant que ta vie à ce chaos ressemble et que les cicatrices de ce cataclysme mettront des années à se refermer. Tu es né dans ce pays, tu souffres de ses plaies comme de douleurs infligées à toi-même, mais tu n'es pas d'ici, pas plus d'ici que d'ailleurs. Comme nous tous, gitan, tu n'es de nulle part. Réveille-toi et va t'expliquer avec le vent.

★

Le soleil l'attendait sur le plateau. Pendant que les commis chargeaient le Scania, il a partagé un petit déjeuner avec le patron de la petite entreprise et sa femme, des gens modestes et chaleureux qui travaillaient dans la bonne humeur et qui s'aimaient. Il aurait volontiers passé la journée avec eux, tant ces gens étaient reposants. Depuis qu'il crevait de solitude, il avait pris goût au bonheur des autres, discrètement et sans jalousie.

— Ils exagèrent, ces Heng, ça pouvait bien attendre lundi !

— Paraît que non ! Ne vous inquiétez pas, je n'avais pas grand-chose à faire aujourd'hui. Ma femme emmène les enfants à Strasbourg, coiffeur, boutiques et McDo, pas vraiment un programme pour moi.

— Pauvre garçon, soupira la femme, alors que le camion quittait l'entrepôt, il me fait de la peine.

— Oui, à moi aussi ! a ajouté le fabricant en attirant sa femme contre son épaule.

★

L'escale l'avait réconforté. Le soleil lui donnait des envies buissonnières. Après Sarrebourg, il quitta la nationale pour flâner sur les petites routes. Il avait la matinée devant lui avant de gagner la banlieue de Nancy où il devait livrer le matériel. La route des lapins, sans boîtes à images ni papa 22, comme dit le code cibiste des routiers.

— Et si on se tirait pour de grands trajets, l'Italie, l'Espagne, le Maroc, la Turquie, qu'est-ce que t'en penses, Django ? Au diable, les soirées de famille, les engueulades, la soupe à la grimace et la grève conjugale chronique ! Oubliées les sales gueules des beaufs, les simagrées de la vieille, les vicelardises des cousins, qu'est-ce que t'en dis, mon chien ? La route, des paysages nouveaux, un soleil plus ardent, des eucalyptus et des palmiers, la mer, les guitares, les filles aux jambes cuivrées avec des yeux noirs comme les miens, des jardins pleins d'oranges, de citrons et de jasmins, le voyage, Django !

Ceux de mon engeance, on les appelle bien les gens du voyage.

Le berger allemand s'est alors dressé sur son siège, lui a fait un clin d'œil et une lèche sur le bras. Les chiens pigent tout de suite une invitation. Et soudain, c'était comme si le printemps se pointait sur le plateau. En se frottant les joues et le menton, Mathias regrettait de n'avoir pu se raser, changer de vêtements, pour saluer le soleil comme un homme nouveau, frais et disponible.

Ils traversèrent Xouaxange, dépassèrent l'embranchement d'Hermelange jusqu'à Lorquin, puis Landange et Gondrexange. Mais qu'est-ce qu'ils ont tous ces bleds qui finissent en ange ? Est-ce qu'on veut nous faire croire qu'on est au Paradis avec toutes ces rimes séraphiques ? Qu'ils aillent se faire foutre avec leurs anges ! J'en ai soupé des anges comme des Angèle. Ya pas plus d'anges par ici que de vaches au Sahara ou de cigognes au pôle Nord. Suffit de lire les faits divers du *Républicain*. Fénétrange, Bellange, Morhange, Hagondange, Rosselange, t'en veux d'autres, Django ? J'allais oublier Engenthal, la *vallée des anges*, et Puttelange. Peut-être qu'on rigole un peu à Puttelange. Mais pour ce qui est de l'angélisme dans le secteur, tu peux te brosser. C'est aussi affreux qu'ailleurs et peut-être plus encore. Rien que dans le canard d'hier : « Procès d'un ado jugé pour le meurtre de ses parents », un couple de bouchers estourbis d'une dizaine de coups de couteau, « Passion maléfique et mortelle à Woippy », trois jours de procès d'un meurtrier qui avait scellé le sort de sa victime selon un rituel vaudou, « Six ans de réclusion pour le grand-père pédophile »... Et c'est comme ça presque tous les jours, mon petit Django. L'humanité à nu, violeurs, pyromanes, satyres des bois et des plaines, satanisme, bestialité, meurtres d'enfants, séquestrations, un vrai régal pour les échotiers. Bienvenue sur les viandis de Francis Heaulme, du bûcheron tueur de Delle et de Simone Weber. Comme elles sont hospitalières, les berges de la Vologne ! Et encore, je ne remonte pas aux exploits du curé d'Uruffe. Un artiste, celui-là, et bon chrétien en plus, qui avant d'éventrer sa maîtresse enceinte lui a donné l'absolution et n'a pas oublié de baptiser le fœtus.

Tu peux te balader ici en vrai païen, pas de

danger que tu bouscules un archange ou que tu renverses un chérubin. Et puisqu'on vient de passer Lorquin, capitale psychiatrique du paradis mosellan, félicitons chaudement le centre hospitalier qui chaque année organise un festival de cinéma psy et rigolons un bon coup.

Et le chien de retrousser ses babines et d'aboyer un rire. Django est un compagnon fidèle et sensible, doté en plus d'une intelligence subtile et d'un solide sens de l'humour. A Lunéville ils riaient encore, à Dombasle ils se bidonnèrent en pensant à la star qui portait avec tant de sophistication le blase d'une commune spécialisée dans les produits chimiques caustiques, à Varengéville ils ne croisèrent ni ange ni varan, à Jarville pas le moindre jars. Sur les onze heures ils sont enfin arrivés à Malzéville.

Les deux manutentionnaires poireautaient depuis plus de deux heures. Un tire-au-cul d'une vingtaine d'années à la charpente gibbeuse et au profil de mérou hépatique lança d'une voix rogneuse : « Si tu crois qu'attendre, on n'a que ça à foutre ! »

Et Mathias cascade de son bahut, souple

cervier, toise le râleur et lui lâche en imitant sa voix de rogomme : « Ah oui ? Et qu'est-ce que t'as à foutre d'autre ? »

Le mérou écrase devant la souveraineté romano et grimpe sans moufter sur la plate-forme du camion.

— Ne vous inquiétez pas, il est comme ça avec tout le monde. Toujours en rogne. Peut même pas se supporter lui-même. Comme copains, il n'a que la télé, Kronenbourg et sa bécane. Un poil dans la main. S'il n'était pas le neveu du patron, il serait chômeur, dit l'autre manœuvre, un copieux goussaut en salopette bleue dont les traits méditerranéens indiquaient une ascendance italienne.

— Je connais ça ! Chez les Heng aussi quelques-uns émargent au rayon de la bienfaisance familiale.

— Tu te magnes, Mario ?

— Ça va, j'arrive ! T'as peur de rater ton feuilleton ?

Pendant qu'ils déchargeaient, Mathias est allé pisser dans le terrain vague derrière l'entrepôt. Quelle vie de merde, c'est donc pareil partout, boulot de merde, week-end de merde, partout les mêmes gueules, les mêmes salades, un monde peuplé de gens qui s'emmerdent et deviennent méchants et de pauvres types toujours cocufiés ? Malheureusement, à l'inverse des daguets qui ne sont jamais aussi gais que quand les ramures leur poussent, les cocus bipèdes n'ont pas vraiment la pêche. Ils n'arborent pas leurs cornes avec la mâle majesté des dix-cors forestiers.

Comme s'il voulait déchiffrer un message olfactif, le chien est allé renifler, avant d'y ajouter quelques jets spasmodiques de son propre jus, la flaque laissée par son maître en fixant celui-ci d'un œil complice, les oreilles couchées et l'échine secouée d'ondes nerveuses. Connivence de mâles coureurs de futaies.

— Viens Django, on va se tirer et se dérouiller les tendons dans la forêt avant de retourner à Dallas-sur-Zorn. Personne ne nous attend.

⋆

Sous le soleil, la forêt de Haye sortait de sa torpeur pour de précoces gésines. Des émanations tièdes, mystérieuse alchimie d'humus, de mucor et de pourritures, s'élevaient des sous-bois. Efflux troublant, transpirations brouillées de végétal et d'animal, exsudations énigmatiques et sensuelles qui dilatent le sang de ceux qui s'aventurent dans ces mystérieuses densités avec l'instinct des grands animaux.

Mathias était un enfant de la forêt. Elle lui tenait en quelque sorte lieu de foyer. Méprisé sous son toit, il se réfugiait sous les chênes, les fayards des environs de Zornhof avec le sentiment de rentrer chez lui. Hospitalité royale des frondaisons, charme profond des domiciles sauvages, coulées, terriers, bauges, nids. A l'instar des grands gibiers, intuitivement, il avait marqué son territoire dans les sapinières et les hêtraies. Il y était loup, renard, fouine, chevreuil. Près des ruisseaux et dans les reflets des mares il devenait loutre, truite, couleuvre. Sur les crêtes bleues, il se faisait tronc, écorce, racine. En lui palpitaient alors la sève et l'énergie de l'originel, quand l'homme n'était pas encore homme, la symbiose du végétal, de l'animal et du minéral, tout ce dont nous sommes sortis et dont nous avons perdu la conscience au cours de l'évolution.

Métamorphosé, libéré des entraves et des

craintes, il rôde, bondit, court jusqu'à l'épuisement, affranchi, gorgé d'espace, ivre d'odeurs résineuses, vivant, imprenable.

Les forêts sont les territoires de son enfance, territoires réels où l'entraînaient sa mère, la cueilleuse de simples, et son grand frère, à l'âge où ils construisaient des cabanes, mais aussi décors imaginaires des héros de ses lectures, Peter Pan, Robin des bois, Grimm, Perrault et Jack London. Refuge accueillant pour les initiés, la forêt demeure hostile aux autres. Enfant, il s'identifiait aux braves qui, confrontés aux dangers, triomphent de l'adversité grâce à la complice hospitalité des sylves. Lieu de rêve et de solitude où le héros reprend des forces, la forêt permet au marginal de respirer loin des miasmes d'une société despotique et félonne.

Dans ses moiteurs réconfortantes, Mathias retrouvait une douceur quasi maternelle. Il s'enfonçait dans les bois pour se défaire du village.

*

Athlètes sauvages de mystérieuses Lupercales, ils ont couru plus de deux heures dans la forêt de Haye, avec la chaleur écarlate du lignage de loup dans les veines du chien, la fièvre de la liberté dans le sang du gitan. Homme-loup et chien-loup se consumant dans une course frénétique, poursuite sans but si ce n'est l'appel irrésistible de soi-même, flux crispant, vertige du galop au bout duquel, dans la sueur et l'épuisement, tout se dénoue comme après un rituel de purification.

Feu follet, maraudeur et saute-ruisseau, Mathias préférait sauter ceux de la campagne, les torrents de la montagne plutôt que les égouts des villes.

Après la galopade et les griseries du grand air, la faim a chassé les coureurs hors des bois. Une faim de loup, qu'ils ont assouvie dans une auberge où le routier avait ses habitudes. La devise de cette maison aurait pu annoncer sans vanterie : *Trop, c'est juste assez !* Quatre assiettes de *spätzele* avec du bœuf en sauce, paleron, gîte et queue, mitonnés à petit feu pendant des heures dans le vin, avec ce qu'il faut d'oignons grelots et de lardons.

— Tu sais ce que signifie *Ne pas attacher*

son chien avec des saucisses, Django ? Non bien sûr, et la patronne de ce restaurant non plus ! Ça nous change un peu des pauvretés culinaires d'Angèle, des poireaux vinaigrette et des blancs de volaille à la vapeur… Parce que Madame se pèse tous les jours, elle pèse aussi tout ce qu'elle met dans la casserole et du coup, c'est carême toute l'année. Une veine qu'on ait le Chat rouge pour couper au jeûne de temps en temps. J'en arrive presque à excuser mes gosses de s'empiffrer dans les McDo et de se gaver de sucreries dès que leur mère a le dos tourné.

⋆

En savourant la daube, Mathias s'est souvenu de la cuisine que préparait sa mère, cuisine de femme, cuisine de pauvres à base de bas morceaux, mais tellement goûteuse et revigorante.

« Au bœuf en sauce de ce midi, maman aurait ajouté du paprika, selon la tradition magyare. Avec elle, les bourguignons viraient toujours au goulasch. »

A la mort d'Olga, l'orphelin avait perdu tout ce qui faisait la joie des anciens jours :

une affection totale et absolue, des parfums secrets, des consolations comme en apportent parfois un chant d'alouette ou l'odeur des seringas, des mélodies parlant d'étoiles et de bords de routes, des légendes peuplées d'oiseaux, de chevaux et de héros sauvages, des épopées d'amour, d'honneur et de liberté prouvant que l'âme des peuples est imprenable, tout une vision du monde que ce siècle de plomb avait presque anéantie. A ces deuils s'ajoutait celui de certains plats et des plaisirs partagés les soirs d'hiver dans la maisonnette de la forêt. Avec sa mère, c'était toute sa jeunesse qui avait rompu les amarres, et aujourd'hui il avait envie d'en faire autant, de fuir ce plateau où ne le retenait plus qu'une tombe qu'il était le seul à fleurir.

L'opinion publique fonctionne avec des mœurs de putain. A l'enterrement de la vieille Olga, il y avait tellement de fleurs qu'on se serait cru aux funérailles d'un gangster. Les enterrements, ça vous pose une famille et les Heng avaient fait ça en grand : cercueil d'apparat, débauche de roses, oraison funèbre digne d'une princesse, grandes orgues et chorale au complet. Un requiem de première classe pour une paroissienne qui ne réclamait pas cette esbroufe solennelle. Six ans plus tard, amnésie collective ! Les pleureuses d'un jour, les bigotes et les tartuffes experts en condoléances passent devant sa tombe comme si elle n'avait jamais existé. Requiescat, la sorcière et sa botanique du diable, ses élixirs, onguents et cataplasmes. Faut se médicamenter moderne, vitamines, antidépresseurs et antibiotiques. La sécu rembourse, les Heng paient les congés et les écureuils gardent les petites économies bien au chaud.

⋆

Le chien s'était endormi sous la table, repu mais pas tranquille. Par à-coups, ses pattes arrière se mettaient à pédaler dans le vide, comme s'il courait encore les bois. Il gémissait et grognait en sourdine, dormeur inquiet dont les rêves prolongent les traques du jour.

En semaine ce relais de routiers est toujours bondé, mais la patronne n'a jamais pu se résoudre à faire relâche. Les randonneurs, cyclistes et bûcherons du week-end, tous amateurs de plats traditionnels, y font escale les samedis, surtout pendant la belle saison. L'hiver, ce sont des groupes de chasseurs, des mariniers et parfois un modeste voyageur de commerce. On le reconnaît aisément, ce démarcheur en costume approprié et cravate criarde, qui déjeune solitaire. Parfois, il propose à un voisin de table de partager sa bouteille de beaujolais. Il montre volontiers les photographies de sa femme et de ses enfants. Il vient de Lille, d'Avignon ou de Bretagne, avec des échantillons de camelote plein le coffre et vous raconte les kilomètres qu'il avale chaque année, les attraits de telle province, la mesquinerie d'une autre, la cupidité des employeurs, la vachardise des gendarmes et le cafard des dimanches loin du foyer. Il vous dit gentiment au revoir, vous souhaite un bon ouiquinde et regagne sa voiture. Sur le parking il appelle chez lui, interroge sa femme sur le menu du dîner, lui demande comment vont les enfants, si le chien est sage et s'il n'y a pas eu trop de factures au courrier, puis démarre en soupirant en quête d'un hôtel. Si la chambre lui fout le bourdon, il tentera de se requinquer dans un cinéma porno puis dans un bar de nuit.

★

La salle s'était vidée. Il ne restait qu'un vieux qui buvait son café sans lever les yeux de son journal, une espèce de grand Sicambre avec un visage poussant les choses à l'excès. Trop de nez, trop de poils et de sourcils, trop de babines, trop de lobes d'oreilles, d'énormes poches sous les yeux, de vraies sacoches, et des bajoues couperosées et mafflues, bref sans aucune garniture dont on puisse tirer vanité. Le vieux sanglier ne doit pas être commode, s'est dit Mathias, en visant ce solitaire bâti pour l'attaque et la défense plus que pour l'étreinte. Bien téméraire celui qui se hasarderait à se frotter à ses soies.

Les forêts vosgiennes abritent encore de rares survivants de cette race escarpée et indépendante, avec des variantes plus ou moins sauvages. Il pensa au père Lambour aperçu la veille chez Marlène en compagnie de l'écrivain. Qu'est-ce que Henri Schott pouvait bien fabriquer avec ce vieux braconnier ? Et pour quelles raisons était-il venu à

Zornhof ? Mathias avait lu ses romans et connaissait ses origines lorraines. Il ne l'avait pas imaginé tel qu'il le découvrait, et fut extrêmement surpris lorsque Marlène lui révéla l'identité de cet homme décharné. Mathias en était resté à ses romans de jeunesse, fougueux, subversifs, décrivant des expériences délirantes, des vies décousues, des éclaircies aux lendemains noirs. Rien à voir avec cet homme visiblement épuisé dont on sentait que les moissons et les vendanges étaient faites depuis longtemps. Sans doute avait-il beaucoup souffert lors de ces récoltes. Il faut bien que la grappe soit foulée et la gerbe battue avant de devenir vin et pain. Les auteurs sont comme les acteurs de cinéma : leurs livres ou leurs films vieillissent souvent moins vite qu'eux. Dans les romans de Schott, Mathias avait décelé des rages et des espérances intenses comme celles qu'il éprouvait lui-même, des goûts et des répulsions proches des siens, un attachement profond à la nature, des sentiments obscurs et sauvages qui lui rendaient cet inconnu plus proche qu'un frère. En d'autres circonstances que la déplorable soirée de la veille, il aurait aimé bavarder avec Schott, mais le charivari des viandards lui avait ôté l'envie de prolonger la soirée au Chat rouge.

Une autre occasion de rencontre se présentera peut-être, pensa-t-il. Cette nuit, je le retrouverai dans un de ses livres.

★

Son escapade sur le plateau, l'arrachant au bourbier quotidien, l'avait ragaillardi. Il n'était guère pressé de retourner dans cette mélasse. Le chien dormait profondément sur la banquette arrière du camion, bercé par *Don't blame me* du quintette de Ben Webster. Quand Mathias lui a proposé de se dégourdir sur l'aire de repos après l'embranchement de Metz, il n'a levé qu'une paupière, l'air de dire : j'ai mon compte pour aujourd'hui, vas-y tout seul !

Le parking forestier en question donne sur des parages réputés lupanars de plein air où les prostituées et les pédés ont coutume de turbuler avec des militaires et des camionneurs. Copulations des bois, fiévreuses et anonymes, quand tombe le soir et que les pisteurs en rut se fondent aux ombres des bosquets. Depuis son enfer conjugal, Mathias s'y arrêtait parfois pour de fugaces gâteries et conjonctions avec des « biches » préférant les pariades dans les clairières aux racolages sur les trottoirs de Metz ou de Nancy. La plupart de ces femmes travaillaient à l'abattage, mais avec Mathias ça se passait autrement. Intriguées par ses vertigineux yeux noirs, elles s'abandonnaient à la vigueur et à la grâce de ce faune avec une gentillesse inhabituelle chez des professionnelles. Mathias n'aurait jamais pu accompagner une laborieuse dans une chambre d'hôtel, ni même en laisser monter une dans la cabine de son camion, mais sous les frondaisons, les fredaines lui semblaient nimbées d'un halo féerique. Pour lui, les forêts étaient des sanctuaires sauvages où la passe devenait cérémonial et les putains des prêtresses.

Il ne s'expliquait sans doute pas l'affaire d'une façon aussi mythologique, mais obscurément il la vivait ainsi, car pour ce sauvageon, la forêt avait toujours été un espace puissamment érotique. Il avait fait l'amour pour la première fois au bord d'un étang, sous les peupliers trembles et les sureaux en fleur, bien caché dans un breuil de reines-des-prés, d'épilobes et de roseaux. Les libellules bleues tournoyaient autour des jeunes amants, comme de frissonnantes fées aériennes. Depuis ce jour, l'odeur du sureau et de la reine-des-prés était pour lui le parfum de l'amour.

★

Pour un samedi après-midi, l'endroit paraissait anormalement désert. Peu de voitures sur le parking du bordel écologique. Les amours buissonnières ne connaissent pourtant pas de morte-saison. Les perdreaux, les petits canards sauvages et les vénales échassières qui rabattent sur ce territoire font rarement relâche. Seules les fortes pluies ou les gelées les découragent. Un quinze-tonnes immatriculé en Espagne, rideaux de cabine tirés, dormait à côté de la cahute du marchand de frites. Un peu plus loin, plus suspects ceux-là, un camion toupie mosellan et une demi-douzaine de bagnoles immatriculées 57 et 54.

Une paire de Mercedes, les galeries chargées de skis, s'étaient arrêtées devant les toilettes. Deux jeunes couples en survêtements, molletonnés tout ce qu'il y a d'impeccable, étaient allés se rafraîchir pendant que leurs enfants, des blondins resplendissants de santé comme des publicités pour petits-suisses, filaient vers les bois avec deux labradors dorés.

— Dieter, Katia, revenez par ici ! Restez sur la prairie ! s'était écrié un des papas flairant sans doute les dangers de cet environnement équivoque.

A l'entrée ombreuse d'un layon, une femme a surgi d'une vieille Simca. Mathias s'est dit qu'elle l'avait sans doute repéré dans son rétroviseur. Comme il s'approchait, elle l'a toisé de bas en haut, avec un regard très appuyé en dessous de la ceinture. Puis elle a allumé une cigarette sans le quitter des yeux et lui a décoché un sourire mi-narquois mi-langoureux qui n'avait rien de gratuit, avant de claquer vigoureusement la portière.

Mathias lui a fait un salut rapide en accélérant son allure pour lui signifier discrètement qu'il n'était pas intéressé. « Elle se rassurera en pensant que je suis de l'autre bord et trouvera sans doute un autre client. Mais pourquoi les femmes claquent-elles toujours les portières de voitures avec autant de violence ? Toutes celles que je connais font ça, Angèle et Marlène comme les autres. C'est fou ! A croire qu'elles sont toutes à cran et qu'elles se calment les nerfs sur les portières des bagnoles. »

A mi-chemin de l'allée il s'engouffra dans un petit sentier perpendiculaire dont les abords étaient souillés de détritus éloquents. Des sentines où amour ne rime guère avec troubadour. On était loin des pastourelles et des ballades courtoises. Les assauts qui se livraient ici n'étaient stimulés que par les clabauderies, les raires, les raucités de ruts sans préliminaires.

Plus bas, le sentier dévalait en longue pente veloutée vers une petite combe secrète presque impénétrable où régnait un silence oppressant. C'est là que se donnaient les rendez-vous fantastiques des limiers et de leurs proies. Les femmes ne s'aventuraient jamais jusqu'à ce territoire réservé aux mâles regroupés pour la levée des sèves. Une faune bouillonnante de sang et d'écume qui se déleste au gré d'accouplements répétés et éreintants dans un tournoi où chacun est vainqueur tour à tour.

Mathias franchit ce champ d'honneur avec une curiosité mêlée d'anxiété. Il croisa un gros homme chauve, à demi caché derrière un arbre, qui le dévisageait d'un air fiévreux en se caressant la braguette. Il était posté là comme un vieux silène dans un jardin extraordinaire, plus théâtral qu'obscène, un peu pitoyable et sans doute inoffensif. Deux cents mètres plus loin, la sente remonte doucement, le sous-bois s'éclaircit, la touffeur s'allège au fur et à mesure qu'on s'approche du plateau où le soleil joue dans la haute futaie de chênes et de hêtres. Le sentier coupe alors une large allée et devient lui-même allée, sillonnée de profondes empreintes de pneus de véhicules forestiers.

De l'allée transversale a déboulé un cycliste tout-terrain qui a dépasse le promeneur sans lui prêter la moindre attention. « Celui-là au moins croise ici en toute innocence » s'est dit Mathias.

La futaie se terminait sur un terrain un peu accidenté, avec de petits reliefs rocheux, de brusques ravines, des lits de ruisseaux à sec. Sur les rocs émergeant du sol, éclairée par une lumière presque horizontale, la mousse moite avait des miroitements verts et dorés comme ceux des carabes. Un geai s'est élancé d'un chêne. En franchissant l'espace découvert juste devant Mathias, il a lancé sa clameur aigre et agressive.

« Du calme, je ne vais pas voler tes provisions ! » Les geais sont plus irascibles que les sangliers. Est-ce parce que pendant deux saisons ils se nourrissent comme eux de glands ? La clairière pierreuse conduisait vers une sapinière frangée d'une écume fauve de grandes fougères sèches. Les forêts de conifères sont des sylves de deuil où règne une obscurité feutrée qui ne connaît ni les fulgurances printanières ni les chatoiements de l'automne. Figés en toute saison dans un silence hiératique, les grands fûts résineux refusent à leurs pieds toute forme de vie végétale. Leur acidité mortifère décourage même le lierre qui pourtant ne craint pas les ambiances sépulcrales. Les animaux ne s'attardent guère sur des couches d'aiguilles qui n'offrent ni abri ni pitance, et la plupart des oiseaux, à part quelques hiboux ermites, boudent ces lieux austères. Dans cette nef de silence, l'arrivée de notre flâneur a interrompu des jacasseries qu'il avait perçues depuis la clairière. Deux jeunes gens en jeans et rangers, les cheveux rasés à la mode des mignons d'aujourd'hui, frétillaient au milieu du sentier. Apercevant Mathias ils se sont tus et puis écartés de son chemin pour une inspection en règle. Mathias les trouva ravissants mais pas très virils. Il passa devant eux comme un lévrier devant un jury de concours canin et leur adressa un rapide « salut les gars ! ». Un des garçons le toisa sous toutes les coutures et lâcha un « pas mal ! ».

« Ça y est, j'ai gagné le concours ! » se dit le lauréat. Sans qu'il eût besoin de se retourner, il flaira bientôt qu'il était suivi. Quelques instants plus tard, un des types marchait à ses côtés.

— T'es du coin ?

— Non, pas tout à fait. Excuse-moi, ne le prends pas mal, mais je ne m'intéresse pas aux garçons.

— Dommage ! Mais qu'est-ce que tu fiches ici, t'es voyeur ? Je vois que t'as une alliance. Encore un de ces types mariés et refoulés qui viennent mater les pédés. Tu veux que je me branle devant toi ?

— Pas la peine, c'est pas mon truc, je préfère les femmes.

— Si tu cherches des gonzesses, mon coco, t'es pas dans le bon secteur. Les femmes, s'il y en a, c'est plus près du parking, mais je te préviens, il n'y a que des putes, va falloir payer. Bon, je te laisse. Bonne chance !

Il lui arrivait de jalouser ces garçons affranchis, égaux dans leur apparence, égaux dans l'amour, égaux dans leurs désirs. Il enviait leur liberté, leur désinvolture, cette camaraderie à la bonne franquette qui faisait que pour eux tout semblait plus facile, plus spontané et plus allègre. S'ils veulent de l'aventure, il leur suffit de se pointer dans un parc, de tourner un peu dans un hall de gare ou de courir certains bois, alors que le commun des bourrins n'a d'autres choix que l'adultère, les prostituées, les clubs échangistes ou le harcèlement sexuel. Pour la plupart des célibataires de Zornhof, faire la fête veut dire filer à Strasbourg, où le vendredi soir des bus ramènent d'Allemagne des cargaisons de pauvres filles de l'Est qui tapinent dans les rues de la ville, puis rentrer fin saouls et pas contents. Ce qui ne les empêche nullement de recommencer la semaine suivante.

⋆

Insensiblement la forêt virait au gris de plomb. La brume du soir, comme une trame de contact, commençait à estomper les troncs et les lointains, avec çà et là quelques rais dorés qui perçaient l'écran comme le décor peint d'un opéra. Et soudain, Mathias n'était plus qu'un enfant égaré dans une forêt enchantée. Il pensait à Geneviève de Brabant cachée dans un chêne creux, au traître Golaud, aux chasseurs maudits et n'aurait guère été surpris par l'apparition d'un grand cerf avec une croix entre les ramures.

Il s'imagina en héros de légende poursuivi par les traqueurs et son cœur se mit à battre de crainte et d'exaltation. Il marchait avec précaution, en prenant une traverse pour retourner plus rapidement au parking lorsque soudain, au détour d'un bosquet, il eut comme une apparition. A une vingtaine de pas, éclairée à contre-jour, se tenait une femme en majesté, entièrement nue sous un grand manteau bleu. Haute et forte, charnelle comme les modèles de Rubens ou de Courbet, elle affichait, immobile et souriante, l'exubérance d'un corps cultivé pour lui-même. En elle, rien n'évoquait la prostituée, mais plutôt la vigueur d'une femme maîtresse de son destin. Figée comme une divinité nourricière, elle avait à ses pieds un jeune type très brun qui lui caressait le sexe. A côté d'elle, un petit homme un peu âgé, avec des lunettes, un chapeau et un imperméable, un de ces hommes gris qu'on ne remarque jamais, lui tenait la main. Mathias ne pouvait détacher son regard de ce tableau dont la bizarre obscénité revêtait pour lui un caractère quasi sacré. Il se demandait quelle étrange liturgie se déroulait sous ses yeux, lorsque la femme s'aperçut de sa présence. Alors, très lentement, elle leva son bras pour l'inviter à s'approcher. Fasciné et quelque peu effrayé, il s'avança vers le trio comme s'il se rendait à une cérémonie secrète. Avec douceur, la femme lui dégrafa ceinture et braguette, et lui dit qu'il pouvait caresser ses seins et le reste, mais qu'elle ne permettait rien de plus. L'homme gris restait muet et ne lui lâchait pas la main tandis que l'inconnu agenouillé se masturbait lentement tout en continuant de malaxer le sexe de la femme. Mathias supposa qu'il s'agissait du chauffeur espagnol. Alors la femme, d'une voix tendre et polie, a demandé : « Messieurs, est-ce que vous permettez que mon mari vous touche ? »

Mathias était tellement ahuri qu'il a haussé les épaules. Lorsque l'homme gris a voulu prendre son sexe dans sa main, il s'est discrètement détourné. Il était loin d'être à la hauteur de la situation. Le pignoleur ibérique se révélant beaucoup plus performant, l'homme gris s'est agrippé à l'entrecuisse de ce dernier au moment où il se finissait. A la fin de l'émission, la femme a délicatement refermé son manteau. Elle a souri en déclarant de sa voix si gracieuse : « Merci, messieurs, vous avez été extrêmement gentils. » Puis elle est repartie dans la brume, en tenant l'homme gris par la main, comme une maman ramenant son petit garçon du jardin d'enfants. Mathias fut ému en devinant que cette femme avait eu la générosité d'offrir à son mari voyeur l'occasion de trouver dans ce rite une échauffaison qui vaincrait furtivement son impuissance et lui permettrait de l'honorer en rentrant.

Le routier espagnol ne saisissait pas la chose d'une façon aussi subtile. Il a martelé son index sur sa tempe en les regardant s'éloigner puis, en rigolant, a filé une grande bourrade dans le dos de Mathias. « *Muchas personas viven en la sociedad que debieran estar en une casa de locos !* » qu'il a fait, ce qui veut dire que tous les fous ne portent pas des marottes. Mais Mathias, malgré son faciès de gitan, ne comprenait pas un mot d'espagnol. Ils ont rejoint le parking ensemble, comme deux compères sortant du cinéma. L'Espagnol a entraîné son partenaire occasionnel jusqu'à son bahut pour lui offrir une grande barre de *turon*, une sorte de nougat de son pays. « *Adios, colega, hasta otra vista !* »

Mathias reprit la route vers Zornhof en se disant qu'il y avait des gens vraiment touchants, mais qu'on les rencontrait parfois dans de bien étranges circonstances.

CHAPITRE 6

Dans un cimetière

Auf einen Totenacker
Hat mich mein Weg gebracht.
Allhier will ich einkehren
Hab ich bei mir gedacht

Winterreise. Das Wirtshaus

Jusqu'à ce cimetière
Mon chemin m'a conduit
Alors mon cœur m'a dit :
C'est ici qu'il nous faut dormir !

Voyage d'hiver. L'Auberge

UNE éruption de lumière d'une extrême intensité l'avait réveillé. D'abord il ne vit que le bleu du ciel, un bleu idéal, absolu, comme un azur d'Arcadie. Pendant la nuit, le brouillard de la veille s'était changé en grésil et le paysage s'était métamorphosé en décor de mille carats, comme ceux des mièvres cartes de vœux que l'on achetait autrefois dans les épiceries de village. Pâtures de décembre sapées d'hermine, petits concerts de cristal des ramures chargées de glace autour des maisons, fumées bleues des chaumières devant les sapinières, Noëls révolus, et l'espérance enfantine, ce dimanche matin, de piéger le temps avec des réminiscences banales.

Un instant il faillit se remettre au lit pour écrire sur la mort des illusions. Et puis il se dit qu'il valait mieux prendre une douche froide avant d'entreprendre un livre nouveau. C'est un conseil que donne quelque part dans son Journal madame Virginia Woolf, une experte incontestée des émotions irrationnelles.

Devant le miroir de la salle de bains le projet d'écrire s'est évanoui. Que pouvait encore raconter ce visage d'hiver, quelles verdeurs passées, quelles soifs désapprises ? De quelle musique accompagner le déclin du voyage ?

Face à ce torse décavé, à ces abattis débiles, il a pointé un index narquois et s'est mis à rire, un de ces rires comme en provoquent au théâtre les situations comiques d'un goût douteux, les chutes ridicules ou les maris trompés.

Il riait encore dans la baignoire lorsque Marlène est entrée avec un plateau bien garni. Elle lui a versé une tasse de thé, puis elle a coupé une part de *streusel*, variété de brioche granitée pour le petit déjeuner dominical.

Elle s'est penchée pour un baiser.

— Je constate que tu vas beaucoup mieux, cousin ! Je suis bien contente.

— Je crois que je vais faire un peu de marche. T'as vu ce qui se passe dehors ? Eblouissant !

Marlène n'avait posé aucune question lorsque, pendant la nuit, il était allé vomir et qu'il était retourné fiévreux et grelottant s'allonger près d'elle. Elle avait appuyé une serviette humide sur son front et l'avait caressé jusqu'à ce qu'il s'endorme. Elle avait mesuré soudain la gravité du délabrement de son invité.

Quand il est sorti du bain, elle l'a enveloppé dans une grande serviette chaude en le serrant contre elle avec la complicité tendre des êtres qui s'aiment depuis longtemps. Puis elle a déniché un curieux flacon métallique avec une étiquette manuscrite en arabe.

— *Ouarda cham*, rose de Damas. C'est donc ça ! Peux-tu me dire par quel chemin ce parfum des *Mille et Une Nuits* est parvenu jusqu'à Zornhof ?

— Je te le dirai si tu m'expliques comment t'as fait pour déchiffrer l'étiquette.

— Rien de mystérieux. J'ai vécu un temps à Alep où j'ai appris quelques rudiments d'arabe. Les petites échoppes des parfumeurs du souk sont pleines de flacons comme celui-ci, rose, girofle, musc indien, musc blanc, ambre et santal.

— C'est un cadeau de clients qui viennent ici chaque été, un diplomate de l'ambassade de Damas et sa femme. Ils sont tombés amoureux de la région. A leur première visite, la femme portait ce parfum. Je lui ai dit que je le trouvais vraiment merveilleux et depuis elle m'en offre un flacon chaque année.

Avant de quitter la salle de bains, elle a appliqué quelques gouttes huileuses de cette onction sur la pomme d'Adam de Schott pour qu'il pense à elle durant sa promenade.

*

Certaines cuisines sont de véritables pactoles charriant à profusion des richesses d'arômes, à l'instar du fleuve de Lydie qui roulait ses pépites d'or. Préludes de plaisirs goûtés par anticipation, les messages olfactifs des fourneaux s'apparentent au dialogue amoureux, à l'impatiente respiration de l'être aimé avant l'assouvissement du désir. Ceux qui s'introduisent dans les cuisines pour soulever discrètement les couvercles des marmites ressemblent aux voluptueux qui se glissent subrepticement dans le boudoir d'une maîtresse absente pour se griser du parfum de son linge.

Henri Schott avait toujours été un piètre mangeur, mais sous la puissance évocatrice des odeurs de la cuisine de Marlène, la tendresse des anciens jours lui était revenue au cœur. Il ne s'agissait que d'un banal pot-au-feu, mais plus subtilement qu'une image ou qu'un souvenir précis, l'éternité de son fumet ressuscitait les dimanches matin autour des fourneaux de sa mère ou de sa grand-mère, comme si, après un demi-siècle d'absence, il ne restait des êtres chéris qu'un effluve prisonnier d'une casserole, une odeur nichée au fond d'un flacon ou d'une armoire.

Devant la fenêtre, Marlène observait les va-et-vient d'oiseaux picorant les graines déposées sur le rebord.

— Viens voir mon chardonneret. Il n'est pas comme les autres qui fréquentent mon resto du cœur. Quand il a faim, il se pointe à la fenêtre et n'en bouge plus. Les mésanges se posent, piquent une graine, s'envolent et reviennent sans arrêt. Lui, reste sur place à se gaver comme une petite poule. Il n'a peur de rien, et, bizarrement, les mésanges, les sittelles et les rouges-gorges lui foutent la paix. Pourtant c'est pas des gentilles les mésanges, de vraies chipies toujours à batailler. La plupart des chardonnerets s'en vont en automne, mais celui-ci reste avec moi. Je l'adore, ce poulet minuscule déguisé en clown. J'aime tous les oiseaux, je passe des heures à les observer et, pour les préserver, je n'ai jamais eu de chat. Par chance, les matous du village ne montent pas jusqu'ici.

*

Les cloches sonnaient l'heure de la messe. Il a préféré le petit sentier qui dévale jusqu'au village à travers les prés plutôt que la route. Comme il passait devant l'enclos des chevaux, Marlène l'a rattrapé pour lui enfoncer un bonnet noir sur le crâne, un de ces bonnets comme en portent les marins. Elle lui a également mis une grande écharpe de laine autour du cou.

— Je vais t'accompagner un bout de chemin pour te montrer quelque chose. Peut-être que tu connais déjà. Mais je pense que depuis le temps tu auras oublié. Prends mon bras, cousin, comme ça, si elles nous voient, les pipelettes de Zornhof pourront caqueter. A cette heure, toutes ces bonnes paroissiennes se magnent vers le bénitier. Dans une heure, leurs hommes vont se pointer chez moi pour l'apéro.

— Rien ne change ! Comme au temps de tes parents, quand mon oncle Gus m'entraînait au Chat rouge après la messe. On y allait à moto, d'autres montaient à pied. La messe aujourd'hui est en français, on vient chez toi en bagnole, mais pour d'obscures raisons, je trouve quelque chose de rassurant dans ces coutumes qui durent. Je ne saisis pas bien pourquoi j'ai voulu revoir cette région. Je n'y ai pas que de bons souvenirs. Que veux-tu, c'est ainsi, les vieux lièvres, bien qu'ayant essuyé pas mal de coups de fusil aux abords de leur premier gîte, finissent quand même par y retourner. T'es bien revenue, toi !

— Ben oui, va savoir pourquoi. Mon cas est différent, je me suis réinstallée pour de bon. Je vis ici. Il y a des jours où j'ai bien envie de me tirer encore. Et pourtant je suis plutôt comblée à l'ombre des sapins. Faut croire que le bonheur, ça n'est pas gai tous les jours.

— Ma fille, tu devrais écrire des romans. « Le bonheur, ça n'est pas gai tous les jours » ferait un excellent début de livre.

— C'est ça, fiche-toi de moi, l'écrivain ! J'oubliais. Je voudrais te demander une faveur. Le garçon brun qui a dîné seul vendredi soir et que les autres ont chahuté m'a téléphoné ce matin pour savoir si tu restais encore un peu dans les parages. Il aurait aimé bavarder avec toi. Je l'ai invité pour ce soir, vous pourriez manger un bout ensemble. C'est un type très attachant, comme il y en a peu au village. Est-ce que tu acceptes ?

— Je ne peux rien te refuser, car je n'ai pas du tout envie de tâter de ta cravache. Dis-lui que c'est d'accord.

★

Le sentier des prés dégaroule sur une zone périmée du village. Il finit en escalier, entre deux bâtisses à l'abandon, et donne sur une rue étroite qui va se perdre dans le bas bourg. Dans sa jeunesse, Schott avait connu un sabotier de ce quartier, un gaillard balèze et jovial qui vous alignait ses quatorze gosses en ordre décroissant et les pointait du doigt pour montrer qu'il se rappelait tous leurs prénoms. Mais ce secteur de Zornhof était peu familier à Henri. Ses grands-parents respiraient dans le quartier haut, celui des collines. Les habitants des hauteurs, bûcherons, artisans, étaient aussi modestes que ceux du val, mais estimaient cependant prééminente leur condition sociale. Hiérarchie fondée sur un dénivelé d'à peine cinquante mètres, mais qui permettait de toiser quelque peu ceux d'en bas.

Près de l'ancien atelier en ruine se dresse une grande croix en grès, une de ces croix de bord de chemin élevées par la ferveur lorraine pour que les passants songent au salut de leur âme.

— C'est ce monument que je voulais te montrer. C'est une croix de famille, de ta famille, Herr Schott.

Sur le piédestal, une inscription en patois indiquait que ce calvaire avait été érigé en 1821 avec les deniers de Peter Schott et de Dheresia Schmit. Une Vierge naïve était sculptée au-dessus de la provenance. En dessous, une tête de mort et une rémission de quarante jours de purgatoire pour tous ceux qui récitaient ici sept Pater et sept Ave.

— Ce Schott Peter était le bisaïeul de ton grand-père. Mon père, qui se passionnait pour l'histoire locale, aurait pu te donner des informations plus précises. Tout ce que je me rappelle, c'est que Peter était déjà menuisier. Tu descends d'une dynastie de raboteurs. Ta grand-mère ne t'a jamais montré cette croix ?

— Aucun souvenir. On venait rarement jusqu'ici. En outre, je ne crois pas que Baba se soit beaucoup intéressée à l'histoire des Schott. Le spécimen qu'elle avait épousé devait lui suffire amplement.

— Pourquoi tu dis ça ? Elle était malheureuse ?

— Evidemment ! Même si elle n'en montrait rien, comme la plupart des femmes de ce temps-là. Le vieux était un despote, un enragé du chapelet qui se servait de la Bible pour persécuter et asservir son entourage. J'exècre la mémoire de ce salopard. Baba aurait sans doute été plus chanceuse avec un brave bougre d'ivrogne. Même si ça n'est pas rose tous les jours, avec les pochetrons au moins on se marre de temps en temps. Sous le règne de ce vieux con elle n'a jamais rigolé, sauf avec moi de temps en temps, derrière son dos. Mais tu ignores sans doute le pire, et qui me touche directement. Ce salaud est coupable, seul coupable de la mort de ma mère. Je t'expliquerai. File maintenant, ton pot-au-feu va s'évaporer.

— Et toi, où vas-tu ? Surtout ne prends pas froid.

— Je vais au cimetière. Je n'ai jamais vu la tombe de ma grand-mère. Tu sais où elle se trouve ?

— Presque au bout, à droite de l'allée centrale.

⋆

« Heureux qui meurt ici, ainsi que les oiseaux des champs ! » Dans le cimetière du village lui est revenue la mélodie de Gabriel Fauré. La sérénité bucolique du poème illustrait parfaitement l'harmonie du lieu. En allemand, cimetière se dit *Friedhof*, séjour de paix, un terme hospitalier n'évoquant rien de sépulcral, mais qui éveille dans les âmes profondes de sympathiques échos.

Schott avait le mysticisme et l'enthousiasme religieux en horreur, mais il ne s'interdisait ni l'émotion, ni la rêverie. Les cimetières avivaient chez ce lettré nourri d'antiquité classique un sentiment de solidarité humaine devant la mort et ses mystères dans lequel n'intervenait aucun principe chrétien du genre *lux perpetua*, peines éternelles, félicité promise aux justes, jugement dernier et autres charlataneries.

La gelée blanche s'était dissoute, sauf sur les ombres portées des ifs taillés en toupies qui bordent l'allée centrale. Les silhouettes trilatères étaient imprimées en blanc sur le revêtement sombre, dans un impeccable alignement art déco jurant avec le style disparate des entours. Les cimetières modernes sont à l'image des bourgs et des habitations. On y trouve en raccourci les illustrations de toutes les vanités. A côté des vieilles pierres tombales envahies de ronces où chavirent des croix de fer rouillées, se dressent de prétentieux granits affublés d'horreurs manufacturées par un florissant requiem-bizness. Il faut croire que l'inégalité des conditions, si vaine devant la mort, résiste, confirmée par de pompeux mausolées.

Devant cette parade de dernières demeures proprettes agencées à la façon résidence pavillonnaire, régulièrement astiquées, débarrassées de la moindre mousse, fleuries et arrosées comme si c'était tous les jours Toussaint, l'humeur *lacrymosa dies* du pèlerin vira au *gaudeamus*. Il ne voulait pas se pointer au dernier asile de sa grand-mère avec une tête d'enterrement.

Et puisque son propre nom était déjà inscrit dans le carnet de bal de la Guincheuse blême, autant s'entraîner un peu à la saltation macchabée dans la plus folle tradition des bouffonneries, branles et orgies de cimetière avec lesquels se défoulaient les vifs sous un Moyen Age pas encore purgé des pratiques du paganisme. En ce temps-là, les champs de sépulture étaient le théâtre de divertissements périodiques, farces de fous et de sots, véritables saturnales, contre lesquels l'Eglise lançait vainement ses foudres. La pensée de la mort à laquelle les moralistes attachent une si haute importance, conduisait parfois à d'étranges pratiques.

Les frénésies gothiques et les orgies funèbres, avatars récents du burlesque médiéval, abondent dans les annales des cimetières. Ces asiles naturels du recueillement et de la douleur deviennent alors le théâtre d'excès contraires. La piété envers les morts, comme par conjuration, se change en manifestations sacrilèges. Les lumières des philosophes et les interprétations de la psychanalyse semblent aussi vaines que l'éloquence archaïque de la chaire en face de ce grand mystère.

Dans un café de la place Clichy que Schott fréquentait dans les années soixante-dix, un travesti avait un soir déballé une histoire peu ordinaire. Un homme en noir, tout ce qu'il y a de distingué, l'avait accosté sur le boulevard pour une passe un peu spéciale. L'affaire devait se consommer dans le tout proche cimetière de Montmartre. Bien qu'ayant la moralité aussi souple que les reins, cet émule de Jésus la Caille manifesta quelques réticences superstitieuses, mais la promesse d'une récompense plus que triplée les balaya rapidement. L'homme en noir lui avait demandé de le suivre discrètement jusqu'au cimetière. La cérémonie s'était déroulée en silence, debout et sans fioritures, dans un caveau de famille blasonné de la taille d'une petite chapelle, avec portail aveugle en fer, vitraux historiés et niches funéraires superposées. « Tu vois, salope, même morte je te trompe, et qui plus est, avec un homme », avait proféré le milord en lâchant le paquet.

⋆

Tsim-boum, tsim-boum ! Je suis la Mort et c'est moi qui donne le bal ! Tsim-boum, tsim-boum ! « Tous les êtres aimés sont des vases de fiel qu'on boit les yeux fermés », pensait Baudelaire. « L'amour n'a plus de goût, non plus que la dispute. » Combien de couples de cauchemar dormaient ici, réconciliés dans le néant ? Des générations de Schott, Arbogast, Heng, Rufenach, des Haeckler et des Reimel, des Kurtz et des Anstett, des Schwaller et des Steckel, autant de patronymes autochtones que l'enfant du pays avait oubliés et qu'il épelait doucement en se promenant parmi les tombes.

Une buse est venue décrire ses orbes

au-dessus du cimetière avec des miaulements résonnant dans l'hiver comme des cris d'allégresse. Après quelques planées, elle s'est posée sur le grand calvaire au pied duquel finit l'allée, faisant fuir un couple de ramiers planqués dans les cyprès entourant la croix. L'oiseau a pris sa faction en silence, d'un air morne et indifférent, mais à l'approche du visiteur il est reparti d'un vol lourd, et le blanc a irradié sous ses vastes ailes lorsqu'il s'est perché plus loin dans un verger, au sommet d'un poirier dépouillé.

Henri a trouvé la tombe sans difficulté. C'était une modeste dalle de grès rose avec un chevet surmonté d'une croix portant trois vers d'un psaume en allemand : « En Dieu seul repose-toi mon âme – De lui vient mon espoir – Lui seul est mon rocher, mon salut, ma citadelle. » Un choix sans doute dicté par le vieux. Sous le verset, deux médaillons sous verre incrustés dans la pierre, avec les photographies des défunts.

L'aïeul posait comme il l'avait toujours connu, sec, la moustache gominée en pointes, le regard gris impitoyable. Si Dieu existe, on se demande un peu de quelle façon il aura accueilli ce client dans sa fameuse citadelle ! Mais au lieu de blasphémer, le visiteur s'est attendri devant le sourire de Baba, un sourire des beaux jours. Alors les tambours et les transes obscènes de la danse macabre se sont tus pour une musique douce et mélancolique, celle que murmure le tilleul de Schubert. *Und immer hör ich's rauschen : Du fändest Ruhe dort !* « Ici, oui ici, tu trouveras le repos ! »

Il s'est assis sur la pierre pour embrasser le portrait de sa grand-mère, un agrandissement prélevé dans la photo des noces d'or. Des larmes lui sont venues, mais il s'est senti en paix comme un voyageur qui avait enfin trouvé son port. Les ramiers sont alors revenus se cacher dans le grand cyprès.

Si près de sa grand-mère il est redevenu petit garçon. Il a pendu l'écharpe de Marlène à la tête de la tombe de manière à masquer le portrait du vieux. C'était puéril, mais il préférait s'adresser à Baba seule, comme il l'avait toujours fait. Ce petit tour d'escamotage dédramatisait un peu les retrouvailles. Qu'aurait-il pu lui raconter qui ne soit pas désolant ? Quand il avait dix-douze ans, sa grand-mère l'avait surpris plus d'une fois, assis contre le mur du potager, les coudes sur les genoux et les mains sur la figure, à ruminer douloureusement ce qu'il cachait aux grandes personnes et qui, pour cette raison même, lui était d'autant mieux resté en mémoire ; ainsi ce jour où il avait feint de rire entre ses doigts pour cacher des larmes parce que le petit chien de la voisine s'était fait écraser. Discrète et pudique, Baba ne l'avait jamais questionné quand il était dans une mauvaise passe. Elle avait toujours préféré la diversion. Chaque fois, elle imaginait des divertissements inattendus pour dissiper ces précoces chagrins. Ses exutoires souvent cocasses ont efficacement contribué à la formation du caractère du garçon. En songeant à ces années d'apprentissage, l'écrivain comprit que c'était sans doute à ce rodage patient qu'il devait sa résolution de ne jamais décrire les états d'âme. Il avait constamment refréné cette tendance avec des pirouettes ironiques, mais aujourd'hui il sentait que le mur commençait à se fissurer sous une trop forte pression d'émotions, un peu comme une vasque d'argile longtemps soumise à la poussée des racines. Le moment était peut-être venu de se laisser aller, d'écrire un dernier livre pour elle, un livre où les états d'âme ne seraient point étouffés.

Les ramiers se sont laissés tomber sur l'allée en roucoulant pour picorer quelques graines déposées par le vent. Ils ont tournaillé sur place comme des jouets mécaniques remontés à bloc, en bombant leur torse bleu d'ardoise avec fébrilité, et brusquement ils ont regagné leur abri. Quelqu'un venait d'entrer au cimetière, un gaillard en jeans, bottes et grosse chemise de laine. Schott a tout de suite reconnu Mathias, mais il est resté assis sur la tombe, discrètement, pour ne pas troubler le visiteur. L'homme était accompagné d'un chien-loup. Au milieu de l'allée, le chien a brusquement détalé vers la gauche jusqu'à une tombe devant laquelle il s'est assis sans bouger. Son maître l'a suivi. Il est resté un long moment silencieux, puis il s'est mis à parler, très doucement, comme pour une confidence, avant de déposer sur la pierre quelques rameaux de fusain couverts de fruits écarlates. Spectateur involontaire d'une scène aussi intime, Schott était à la fois ému et gêné. L'homme et le chien lui ont rappelé un épisode déjà vécu.

Par dévotion pour Jack London, il avait séjourné un temps près de Glen Ellen en Californie. Régulièrement il se rendait jusqu'à Moon Valley, dans le ranch où le romancier avait fini ses jours. Il s'asseyait près des ruines calcinées de la grande maison que London avait édifiée au milieu des bois et des vignes. Comme il aimait écrire en plein air, cet endroit souvent désert lui était particulièrement propice. Avant de quitter les lieux, il avait l'habitude de faire le pèlerinage jusqu'à la tombe du romancier, une tombe modeste perdue au milieu de la forêt. Un jour, alors qu'il lisait, planqué au pied d'un arbre, il vit arriver un garçon d'une quinzaine d'années accompagné d'un chien-loup. Le garçon a guidé le chien devant la pierre et lui a dit : « Regarde, Buck, c'est la tombe de Jack. » La ferveur de ce jeune lecteur qui avait donné à son chien le nom du héros de *L'Appel de la forêt,* avait tant remué l'écrivain tapi derrière un buisson qu'il n'avait osé se manifester. Ni le garçon, ni le chien n'avaient soupçonné sa présence. Après un instant de recueillement, ils étaient repartis comme ils étaient venus, deux silhouettes à contre-jour dans le sentier éclairé par un soleil de fin d'après-midi.

Depuis, quand il lui arrivait de croiser dans la campagne un garçon avec un chien, il revoyait les mystérieux pèlerins de Moon Valley.

★

A Zornhof la séquence se déroula autrement, car le chien de Mathias n'était pas d'humeur aussi méditative que celle du Buck californien. Au moment où son maître allait partir, il a débusqué l'intrus au fond du cimetière. Flairant instinctivement que Schott aimait les chiens, il s'est roulé à ses pieds en jappant, puis s'est redressé, lui a donné des coups de museau dans les jambes en remuant la queue, comme pour l'inviter à la promenade. Schott était assez embarrassé, un peu comme un voyeur pris sur le fait, mais sa gêne s'évanouit aussitôt, car Mathias fonça sur lui comme un ami de longue date. Ils se tutoyèrent.

— Tu sens le même parfum que Marlène, a dit le gitan avec un sourire sans malice. Puis il a parlé des Schott. Il ne se souvenait pas du vieux menuisier, mais sa mère l'avait souvent emmené rue du Château pour apporter des tisanes à la grand-mère. Jamais il n'oublierait cette vieille dame adorable qui lui prêtait des livres et qui adorait les chiens.

— Le tien est magnifique !

— C'est Django. Il se laissait mourir dans un refuge quand je l'ai adopté il y a huit ans. Les flics qui ont embarqué son maître ne se sont pas souciés de ce que deviendrait le chien. Il est resté plus d'une semaine abandonné dans une cour jusqu'à ce que des voisins préviennent une association. Quand je l'ai vu au refuge, il n'avait que la peau et les os et tournait en rond dans sa cage comme un taulard désespéré. Dès qu'il m'a aperçu, il s'est figé sur place et m'a regardé droit dans les yeux. J'ai tout de suite pigé ce qu'il voulait dire. Ils ont ouvert la grille, et j'ai fait « viens ! ». Aussitôt il m'a suivi en toute confiance, comme si on était de vieux amis. Le soir même, il a retrouvé son appétit. Au bout d'un mois c'était un chien superbe. On ne se quitte jamais. Les gadjos n'imaginent pas les liens étroits qui existent entre les animaux et les tsiganes. Surtout avec les chevaux et les chiens. Je m'appelle Mathias, mais les parents m'avaient donné un « nom secret », comme c'était la coutume autrefois chez les nomades. Ils m'ont appelé Lovenito, ce qui veut dire « petit loup ». Les tsiganes s'identifiaient souvent aux loups. Traditionnellement, en Europe centrale, le loup était montré comme le fidèle compagnon du nomade, à cause de son endurance, de son sens de l'honneur et de sa liberté. Dans sa jeunesse, ma mère a vécu dans une roulotte. Elle n'est devenue sédentaire qu'après son mariage avec mon père, un des frères d'une tribu de ferrailleurs des environs de Metz. Un peu avant ma naissance, mes parents se sont installés à Zornhof et mon père a lâché la ferraille pour le bois. Le pauvre est mort dans un accident de forêt quand j'avais onze ans. C'est mon frère aîné qui nous a fait vivre. A quinze ans il est entré dans la scierie. Aujourd'hui il vit au Canada et travaille chez le fils du père Lambour, le vieux que tu as rencontré au Chat rouge.

— Un sacré bonhomme, ce Lambour !

— Pas commode. Des comme lui, il n'en

reste plus beaucoup. Faut le connaître pour l'apprécier. Moi je l'estime énormément. Il est sincère, loyal et nettement plus intelligent que la majorité des citoyens du coin. Il dit exactement ce qu'il pense et ne se laisse impressionner par rien ni personne.

— C'est drôle, il m'a dit la même chose de toi !

— Allons bon ! On se balade parfois ensemble en forêt. C'est un savant, il connaît toutes les plantes, tous les insectes et tous les oiseaux. Mais sorti de la nature, ses méthodes peuvent surprendre. L'autre jour quand je suis allé chez lui, il avait étalé toutes sortes de pilules sur sa table de cuisine. Il les avait rangées par couleurs et était en train de les tester avec un pendule. « Tu comprends, mon gars, qu'il me fait, le médecin veut que je bouffe toutes ces saloperies, je suis sûr que tout n'est pas bon. Avec mon pendule, je vais être fixé. Tu vois, les bleues, je crois bien que c'est de la vacherie. » Quand j'ai ramené Django à Zornhof, il m'a déjà fait le coup du pendule. « Tu peux être tranquille, c'est exactement le chien qui te convient. » Quel vieux fou ! Je lui ai dit que je n'avais pas besoin de pendule pour comprendre les bêtes, que mon instinct suffisait. J'ai toujours eu des chiens-loups, jamais des chiens de chasse, sans doute à cause de mon nom secret. Je ne sais plus quel Russe, peut-être Pouchkine, a dit que les chiens étaient sans doute plus intelligents que les hommes. Ils voient le monde avec des yeux très perspicaces. Ils pourraient parler, s'ils le voulaient, mais ils préfèrent se taire.

— T'as lu Pouchkine ?

— Ça t'étonne ? Et si je te dis que j'ai aussi lu quelques-uns de tes livres ? Hier soir j'ai même relu *Postillons et bêtes de songe.* C'est plutôt violent !

— J'étais jeune et enragé. Depuis, je me suis calmé.

— C'est mademoiselle Apprederisse, mon ancienne institutrice, qui m'a donné le goût de la lecture. Je suis toujours resté en relation avec elle. Elle nous aimait beaucoup, mon frère et moi. Un jour elle m'a filé un de tes livres. J'avais dix-sept ans. Tu peux pas imaginer le choc que ça a été. J'avais jamais lu un truc pareil. Faut croire qu'elle pensait que le bouquin avait été spécialement écrit pour moi, et d'une certaine façon je l'ai pris comme ça. Elle m'a appris que t'étais originaire d'ici. Mademoiselle Apprederisse est morte il y a cinq ans, si tu veux je peux te montrer sa tombe. Tu l'as connue ?

— Non, je ne l'ai pas connue. Je ne venais ici que pendant les vacances, quand j'étais petit. J'ai quitté la région à seize ans et ne suis revenu que deux fois, la première pour une visite trop brève à ma grand-mère, juste après la parution de mon premier roman, et la seconde maintenant, Dieu sait pourquoi.

— Pourtant on dirait que le coin t'a marqué. J'ai eu l'impression que *L'Affreux Rire de l'idiot* se passait plus ou moins par ici. Ce type qui va dans la forêt chercher la paix dans la saoulerie et la fornication, ça sent Zornhof à plein nez. Une vraie bête sauvage !

— Comme beaucoup de jeunes gens j'étais fasciné par Rimbaud. C'était notre Bible. On voulait tous embarquer sur le bateau ivre et passer une saison en enfer. Avec pas mal de naïveté, j'ai piqué mes trois premiers titres dans Rimbaud. Avec ces trois titres j'avais à peu près craché toute ma bave. Sinon vous n'auriez sans doute pas coupé à *Torpeurs ignobles*, à *Nichée infâme*, à *Puanteurs cruelles* et pourquoi pas à *Ainsi j'ai aimé un porc.* J'avoue que je suis assez épaté qu'un type de ton âge arrive encore à lire ces fables délirantes et destructrices. Echec des individus, échec des principes, je ne savais raconter que ça. J'étais un fou furieux cynique et solitaire. Ça a marché du feu de Dieu parce que les critiques de l'époque ont salué ces farces comme des illustrations du mal du siècle de la jeune génération. Je n'ai jamais eu la curiosité de remettre mon nez dans cette vieille tambouille.

— T'as tort. Hier soir je n'ai pas été déçu. Faut dire que j'ai eu une drôle de journée. Il m'est arrivé une étrange aventure dans une forêt près de Nancy, une chose qui m'a sacrément remué. Ça m'a donné envie de te relire. Je te raconterai ça ce soir puisqu'on se voit chez Marlène.

⋆

Avant de quitter le cimetière, Schott voulait voir où reposait son oncle Gus. *Gustave Schott 1930-1985 – Gredel Schott 1912-1973.* La sépulture de Gus et de sa femme n'était qu'une tombe de pauvres envahie de mauvaises herbes, de chélidoine et de bouillon-blanc.

— Le Gus Schott était ton oncle ? Raconte ! Je me souviens très bien de lui. La honte du bled ! Il n'y venait pas très souvent. Il paraît qu'après la mort de sa femme il a viré clochard. Il créchait près de la forêt, dans un taudis où personne ne mettait les pieds, sauf les flics quand ils le ramenaient complètement bourré. La dernière fois qu'il a fait parler de lui a été un gros scandale. Un soir d'hiver après les vêpres, Gus a tenté de violer une bonne sœur de soixante-quinze ans qui rentrait chez elle dans la neige. Il l'a coincée derrière deux stères de bois empilés en bordure de la ruelle des Vosges. Les hurlements de la pauvre créature ont ameuté toute la rue. Les gendarmes ont fait enfermer ton oncle à l'asile de fous de Lorquin.

— Son dernier scandale sans doute, après de nombreux autres éclats. Si tu l'avais connu jeune ! C'était un type formidable, très beau et vraiment libre. Mais il n'était pas fait pour une vie de prolo sur le plateau lorrain. Son existence fut un mélange de grandeur et de sordide, une tragi-comédie de la cambrousse avec des résonances poétiques vraiment inattendues. J'ai adoré l'oncle Gus. Sur le moment je ne m'en rendais pas compte, mais ce forban a marqué ma jeunesse d'une empreinte puissante et plutôt féconde. Lorsque j'ai imaginé mon premier roman, j'étais hanté par son souvenir.

— Donc, le marginal qui picole, vomit, compisse le village et attire les femmes dans les bois, c'est Gus qui te l'a inspiré ?

— Oui, seigneur gitan, c'est Gus, ou plutôt un Gus mythique qui incarnait mes propres rages. Il a été mon sacre du printemps et ma symphonie de novembre, un monstre érotico-lyrique sauvage et excédé, un exilé de la société obéissant à des énergies obscures et brutales, mais extrêmement joyeuses. Sans aucun doute, Gus fut en partie l'artisan involontaire de ce que je suis devenu à vingt ans. Et moi, pour solde de tout compte, j'ai façonné un Gus à ma manière dans le livre. Sous ces mauvaises herbes reposent à la fois le modèle et le personnage romanesque, et dans mon souvenir, les deux aujourd'hui se confondent, car c'est une vieille épopée.

— Tu ne fais donc plus la différence entre roman et réalité ?

— Je ne l'ai jamais faite. Les écrivains ont changé très tôt ma vision du monde. Je n'écrivais pas encore, mais j'appréhendais la vie comme une fiction et je m'identifiais aux personnages des livres qui me plaisaient. De nos jours on dirait : « C'est un mythomane » et on enverrait le garçon que j'étais chez un spécialiste. Tout ce qu'on raconte sur le monde prétendu réel, c'est des conneries. Pour un romancier, ça ne veut strictement rien dire. Depuis mon retour dans ce coin, je suis traqué par une foule de souvenirs qui datent de mon enfance et de mon adolescence. Je ne suis pas toujours capable de faire la part entre ceux qui concernent des événements et des personnages réels et ceux de mon invention. L'autre jour, j'ai fait une virée aux étangs du Saulnois où Gus m'entraînait parfois sur sa moto, et je me suis rappelé une fille avec des taches de rousseur qu'il avait levée dans ces parages. En rentrant, dans la voiture, je me suis souvenu d'un autre étang, celui de Mittersheim, et revu à seize ans, campant là-bas, avec quelques copains. Des soldats américains basés tout près venaient faire du sport sur l'étang, natation, canoë, ski nautique. Parmi ces militaires, il y avait un étudiant de Harvard qui s'était pris d'amitié pour moi et qui tenait absolument à m'enseigner le ski nautique. Je ne parlais pas un mot d'anglais et lui ne connaissait ni le français ni l'allemand, mais tous les deux nous avions mâché nos crayons sur la *Guerre des Gaules*, l'*Enéide*, et les *Catilinaires*. Et du coup on ne se parlait qu'en latin. Accroché à son hors-bord, je gueulais : « *Vehementer* ! *Vehementer*, Brad ! » pour qu'il accélère.

— Mais tu racontes ça dans *Damné par l'arc-en-ciel*.

— Dans la voiture, lorsque cette scène m'est venue en mémoire, j'ai essayé de la visionner et de me rappeler d'autres détails. Impossible ! Je me suis souvenu des berges de l'étang, de la chaleur, des visages de certains de mes copains. Je me suis rappelé qu'il y avait en effet des soldats américains avec nous, mais aucun souvenir précis à leur sujet. Tout à coup, j'ai compris que la leçon de ski en latin n'avait eu lieu que dans le roman que tu viens de citer. Quarante ans plus tard, qu'importe après tout que Brad le latiniste ait existé. Réel ou non, il appartient à ma biographie, comme bien d'autres figures qui me reviennent depuis quelques jours, certaines discrètement, d'autres de plein fouet.

⋆

Soudain, les cloches de l'église ont sonné à nouveau.

— C'est la sortie de la messe. Dans cinq minutes ma belle-mère va se pointer au cimetière. Tous les samedis elle vient astiquer la tombe de son mari et les dimanches après messe, elle y retourne pour faire quelques signes de croix en public.

— On ferait peut-être mieux de filer.

— Pourquoi ? Il y a longtemps que je n'adresse plus la parole à cette hypocrite. Elle sait parfaitement ce que je pense d'elle et de toute sa famille, mais elle au moins ne vient pas me provoquer. Pas comme ses tarés de fils. Je pense qu'elle a un peu peur de moi. Elle joue la dame patronnesse et fait le catéchisme, mais en réalité c'est une vipère. On devrait toujours se méfier des gens qui sourient tout le temps. La rombière Heng, elle arrête pas de sourire, en mangeant, en parlant, en priant. Faut la voir à l'église quand elle s'avance pour la communion, on dirait qu'elle est en phase de transfiguration. Que du chiqué ! En réalité, y a pas plus vicelarde, cupide, méchante langue, prétentieuse et lubrique que cette vieille chèvre permanentée. Elle se prend pour la reine mère de Zornhof parce que l'entreprise fait vivre les deux tiers de la population. Elle distribue les cadeaux, visite les malades, pleure aux enterrements, lit l'évangile à la messe, une vraie sainte ! Mais moi qui la connais mieux que personne – et je t'épargne certains détails peu reluisants du genre Joseph et madame Putiphar – je peux te certifier que pour ce qui est des sentiments, cette saleté est plus coriace qu'un rôti de bœuf de supérette en promotion !

— Dis donc, Mathias, t'es drôlement remonté ce matin. Quand je t'ai vu chez Marlène l'autre soir, toisant les abrutis qui te faisaient ce charivari, j'ai été épaté par ta réaction dédaigneuse. Que s'est-il passé depuis ?

— Rien de plus que d'habitude. Mais le

chahut chez Marlène a été la goutte de trop. Après le truc bizarre qui m'est arrivé en forêt, j'ai tenté une nouvelle fois de faire la paix avec ma femme. J'ai aussi voulu régler divers problèmes avec mes beaux-frères. Comme toujours, ils m'ont envoyé bouler en me traitant de parasite. Pour ne pas leur exploser la tronche, une envie qui me démange depuis quelque temps, je suis retourné une heure en forêt avec Django et j'ai fini la soirée à l'atelier avec ton livre. Après ça, j'ai appelé Marlène pour savoir si tu traînais encore dans le secteur et j'ai dormi dans le camion. En me réveillant ce matin, j'ai compris que c'était fini, que la coupe était pleine et que j'allais enfin oser ce que j'aurais dû faire depuis longtemps : foutre le camp pour toujours. C'est ce que je suis venu dire à ma mère ce matin. Je ne lui ai jamais rien caché.

*

Plusieurs femmes sont entrées au cimetière, ainsi qu'une famille qui s'est approchée d'un monticule d'argile fraîchement retournée recouvert de couronnes et planté d'une croix provisoire.

— Un Schott de vingt-cinq ans qui s'est tué à moto il y a quinze jours. Lui aussi bossait chez Heng. Quand la vieille va se pointer, je te parie qu'elle ira directos et sans pudeur vers sa tombe pour pousser quelques gémissements, au lieu de laisser ces gens tranquilles. Je ne pense pas que ces Schott sont de ta famille. Mais il y a tellement de Schott au village et au cimetière qu'on ne devrait plus dire famille mais clan ou tribu.

Mathias a obliqué vers un escalier qui mène à la terrasse supérieure. Il s'est assis avec désinvolture sur une tombe et le chien s'est posé tout contre lui pour se faire gratter la tête. Les yeux aux aguets et la truffe frémissante, il surveillait les allées et venues quand tout à coup il a filé comme une flèche vers le portail. Une Mercedes modèle Crésus, noire et impeccablement lustrée, venait de se garer sur l'aire de stationnement. Une sexagénaire pimpante, sapée vison, carré Hermès, béret en cachemire et bottines grenat, s'est extirpée du carrosse en s'emmêlant un peu les pilons avec la laisse de son chien. Un teckel gras et sans plis, une espèce de baudruche compacte et empesée qui se traînait poussivement, à croire qu'on lui avait enfilé une pompe à vélo pour le gonfler à bloc. Deux jeunes garçons en jeans, casquettes et blousons de cuir chic, escortaient la dame. Django a foncé sur eux pour les fêter, mais la bourgeoise l'a fait déguerpir avec des gesticulations grotesques. Les doigts dans la bouche, Mathias a sifflé un petit coup et son chien est revenu aussi sec. Les garçons ont lancé un regard furtif en direction de la terrasse, le plus jeune a risqué un petit signe de la main, mais la femme n'a pas levé les yeux.

— Ma belle-mère et mes fils ! Tu vois où j'en suis. Il n'y a pas si longtemps tout marchait bien entre mes enfants et moi. On faisait du foot, je les emmenais en forêt, l'été on se baignait dans les étangs, et je leur passais les livres que je lisais à leur âge. Petit à petit leur mère, la vieille et les deux oncles ont réussi à les détacher de moi. Depuis un an, ils sont internes dans une école privée. Le samedi, Angèle ou la vieille les trimbale à Strasbourg ou à Metz pour faire les boutiques. Ils n'ont même plus le droit de jouer au foot avec les Juniors, alors que Heng sponsorise l'équipe. Leur mère ne veut plus qu'ils se mélangent avec les gosses des employés de la boîte et des chômeurs du coin. Je suis tellement furieux que j'ai failli recruter quelques voyous pour qu'ils rackettent mes propres enfants et leur taxent leurs blousons, leurs montres et leurs pompes. Tiens, vise un peu la reine mère avec ses bêtes mortes sur le dos, qu'est-ce que je te disais…

En effet, comme Mathias l'avait deviné, la dame patronnesse, précédée du rollmops à pattes et encadrée par ses héritiers croquignolets, a immédiatement mis le cap sur la famille endeuillée. Elle serre les mains, oblige ses petits-fils à faire de même, embrasse la mère du défunt, sort un mouchoir pour essuyer des larmes simulées et puis s'en va, majestueuse et pateline, se recueillir devant le mausolée Heng, un ostentatoire machin en marbre multicolore, qui pour l'instant n'abrite que la dépouille de Charles Heng, son mari.

— T'as vu avec quelle indécence cette vieille sainte-nitouche est allée faire son numéro devant ces malheureux ? J'ai honte pour mes fils, j'ai honte pour moi, pour la mémoire de ma mère. Faut que je fasse gaffe, je ne supporte plus rien de ce bled depuis que les frères Heng dirigent tout. Avant la mort du père et juste après, quand le cadet menait seul la boîte, ça allait. La famille était à peu près normale. On voyait rarement l'aîné. Il se pointait parfois en fin de semaine pour faire le malin. Parce qu'il avait fait trois ans d'université, il avait réponse à tout et emmerdait tout le monde avec des discours prétentieux et stupides. Et puis, quand il a pigé que l'entreprise commençait à faire du pognon, il a quitté la fac et s'est repointé au village en se targuant du droit d'aînesse. La reine mère, ravie de voir sa nichée à nouveau au complet, s'est arrangée pour que les frangins s'associent. Ils ont fait fortune en moins de dix ans, par leur travail, c'est certain, mais aussi grâce à des trafics d'influence, des complicités avec des élus, des putasseries en tous genres au cours de journées de chasse. Quand j'ai épousé Angèle, c'était vraiment un ange, elle était belle comme un ange et je lui plaisais sans doute parce qu'elle me trouvait différent de tous les mecs qui lui couraient après. Petit à petit, avec la fortune et sous l'influence des frangins, elle a complètement changé. Elle est devenue snob, capricieuse et vindicative. Je crois qu'elle s'est mise à détester ce qui lui plaisait chez moi auparavant. Elle a fait de ma vie un enfer, avec des procédés vraiment humiliants. Les week-ends de chasse, elle s'affiche avec les décideurs que ses frangins ramènent dans son pieu. Vénerie et adultère, c'est comme ça qu'on signe des contrats juteux ! Faut dire qu'elle a aussi bousillé quelques ménages chez le petit peuple. Tout le monde sait, sauf moi croit-on, qu'elle ne se gêne pas pour grimper dans le camion quand un jeune chauffeur lui plaît. Tu dois trouver ça très banal, mais crois-moi, j'en ai bavé car je l'ai vraiment aimée.

— Mais elle ? Est-ce qu'elle t'aimait de la même façon ?

— Comment j'aurais douté ? C'est elle qui tenait absolument au mariage. Contre l'avis de ses parents ! Même si à l'époque ses vieux étaient des gens assez modestes, donner leur fille à un romanichel, est-ce que tu réalises un peu ? Cela dit, le père a toujours été formidable avec moi. C'est lui qui m'a obligé à bosser dans l'entreprise. A l'époque, il ne pensait pas que ses fils reprendraient un jour le flambeau. Il les voyait plutôt avocats ou ingénieurs. Le cadet n'a jamais été une flèche, et je crois que le vieux Heng m'avait à la bonne en pensant qu'un jour je pourrais lui succéder.

— Ça t'aurait plu ?

— Pas le moins du monde. Je n'aurais jamais su jouer au patron. Les affaires ne m'intéressent pas, je ne pige rien à l'argent et le travail pour le travail ça n'est pas mon truc. Je crois que je suis né trop tard. La vie nomade de mes grands-parents m'aurait sans doute mieux convenu, ou alors le cirque – acrobate, clown violoniste, funambule, dresseur de chevaux... Si j'en juge d'après tes livres, tu as pas mal bourlingué dans ta jeunesse.

— Dans ma jeunesse et aussi plus tard. Je n'ai jamais pu rester longtemps au même endroit. Quand je m'entichais d'un coin ou d'un pays, je m'y installais en croyant à chaque fois que c'était la bonne : défonce avec des mélanges inédits, foutaisons exotiques, autres musiques, autres soleils, autres vents... Je torchais un livre enfiévré et au bout du compte l'ennui, invariablement. Alors je filais vers de nouveaux climats. Partout je me sentais en exil, sans patrie où retourner. Longtemps, mon existence ne fut qu'une succession de fugues. Certaines escales ont été plus longues que d autres. Il y en eut d'heureuses. J'ai fini par me trouver une rade, une baraque près d'une forêt en Seine-et-Marne d'où je n'ai guère bougé ces douze dernières années. Démission forcée, lassitude, l'énergie qui se barre... Mais toi, Mathias, tu dis que tu vas partir, mais pour où, et quand ?

— Je vais rejoindre mon frère et le fils Lambour au Canada, et je vais le faire à l'anglaise, sans avertir la bande. Je pars avec mon chien et rien d'autre. Ils trouveront la clef sur le camion, avec un billet d'excuses : « Désolé, on a besoin de moi chez les Peaux-Rouges ! » Je n'ai mis au parfum que le père Lambour et Marlène, qui depuis longtemps m'ont suggéré d'agir ainsi. La Marlène s'est marrée. « La reine mère aura du mal à maintenir sa permanente lorsqu'elle apprendra ça ! », qu'elle m'a fait. Je me sens un peu coupable vis-à-vis de mes enfants, mais ils sont trop jeunes et bien trop loin de moi pour que je leur explique. Plus tard, peut-être... Tiens, regarde-les, les voilà qui retournent à la voiture. Ils ne m'ont pas vu depuis une semaine, mais aucun n'est venu me saluer. Comme si la vieille les tenait en laisse. Tu ne peux pas savoir à quel point je suis soulagé à l'idée de ne plus jamais revoir un Heng. Avec l'arrivée de la rombière, j'ai complètement oublié de te dire pourquoi je t'ai amené vers la tombe que voici. Une histoire qui va te plaire !

C'était la pierre d'un villageois de vingt-deux ans avec sa photographie en médaillon. Elle disait : *Pierre Stengel 1939-1961. Mort pour la France.*

— Ce gars est mort en Algérie. Je suis né en 1968, je ne l'ai donc pas connu. Ses parents ont quitté la région peu après le drame et, comme tu peux le voir, la tombe est complètement négligée. En réalité, elle fut entretenue jusqu'en 1992. Pendant trente ans, tous les samedis soir, son copain d'enfance Louis Schwaller venait s'y recueillir avec un pack de bières. Ils avaient fait l'Algérie dans le même régiment et Pierre a été tué à côté de son ami. Jusqu'à la fin de ses jours, chaque semaine, le Schwaller se pointait ici pour trinquer avec son pote. Il buvait ses cinq bières et en laissait toujours une sur la tombe.

— Magnifique ! Sans le savoir, ce malheureux a renoué avec les traditions antiques. Presque toutes les civilisations ont cru que les morts restaient soumis aux mêmes nécessités que les vivants. On leur offrait des aliments en pensant qu'une sorte de vie précaire se prolongeait dans les tombes. Les morts avaient faim, et surtout ils avaient soif. Sans cesse, leurs lèvres parcheminées demandaient à être rafraîchies. Le soldat Schwaller n'a fait que respecter la coutume.

— Maintenant ils peuvent boire ensemble à perpète. Sa tombe, comme tu vois, est juste à côté de celle de son ami. Les gens du village le prenaient pour un cinglé et les gosses le poursuivaient souvent jusqu'au cimetière d'où il rentrait presque toujours ivre. « Foutez le camp, salopards, qu'il gueulait, jamais je ne boirai le samedi soir sans lui ! » Cette amitié, trente années de fidélité posthume, me touchait vraiment, sans doute parce que je suis tsigane. Nous avons des idées un peu spéciales sur les morts, pas très éloignées de ce que tu viens de dire des anciens peuples. Je viens souvent dans ce cimetière pour me confier à ma mère et lui apporter des plantes. J'ai fini par m'attacher à ce lieu, persuadé que je dormirai près d'elle un jour… Et voilà que je n'y retournerai plus que pour lui faire mes adieux. Je suis sûr que Marlène continuera de temps en temps à fleurir la tombe à ma place, sans même que j'aie besoin de le lui demander. Tu sais, Marlène, c'est quelqu'un !

— Je le sais, Mathias.

— En pensant à ce Schwaller je me sens coupable de trahison. J'ai plus de remords à quitter ma mère défunte que mes fils vivants.

Cette dernière remarque de Mathias, Schott l'a prise de plein fouet, et en plein cœur. La plus ancienne plaie, la plus profonde, celle qui n'avait jamais cicatrisé, se rouvrait. C'était comme si une digue édifiée avec patience depuis des années venait de se rompre, libérant d'un coup un torrent difficilement contenu pendant toute une vie. Il s'est mis à grelotter, puis, incapable de se contrôler, il s'est effondré sur la tombe du jeune soldat. Les coudes sur les genoux, la tête dans ses mains, il a sangloté comme un enfant orphelin. Le chien est venu se frotter contre lui et Mathias a posé un bras sur son épaule.

— Excuse-moi, Mathias, ça m'arrive parfois. La fatigue, les nerfs, trop d'émotions. Les écrivains sont des animaux fragiles.

— Et surtout très sensibles, du moins certains ! Je crois qu'il vaut mieux quitter ces parages et penser à des choses plus drôles. J'ai remarqué que dans tes livres les épisodes poignants étaient souvent suivis ou même interrompus par des scènes cocasses. Alors voilà : l'autre jour, dans ce même cimetière il m'est passé par la tête un truc complètement loufoque, mais qui mérite réflexion. Jusqu'à présent, lorsqu'on déplaçait de vieux cercueils et qu'on les ouvrait, qu'est-ce qu'on y trouvait ? Des squelettes blanchis, parfois quelques fragments de vêtements, de cheveux, des boucles de ceinture, des boutons… Mais avec les mœurs nouvelles, me suis-je dit, d'ici vingt ou trente ans on découvrira, collés aux os des squelettes, des seins postiches, des prothèses et des organes en silicone, des rembourrages de lèvres imputrescibles, des puces électroniques, des cœurs artificiels, que sais-je encore ?

Ils ont quitté le cimetière bras dessus bras dessous en se tordant de rire. Lorsqu'ils sont passés devant la maison à l'angle du champ des morts, une vieille femme qui attendait sur son perron leur a lancé un regard intrigué et réprobateur.

— Bonjour, Mathias, qu'est-ce qu'il y a de si drôle ? Qui c'est celui-là ?

— Rentre, Mélanie, tu vas attraper la mort par ce froid. Celui-là ? C'est mon oncle d'Amérique. Ça fait vingt-cinq ans que je ne l'avais pas vu.

CHAPITRE 7

Soleils fantômes

Was hat es, dass es so hoch aufspringt,
Mein Herz ?
…
Was drängst du denn so wunderlich,
Mein Herz ?
Nun ja, die Post kommt aus der Stadt,
Wo ich ein liebes Liebchen hatt,
Mein Herz !
Willst wohl einmal hinübersehn,
Und fragen, wie es dort mag gehn,
Mein Herz ?

Winterreise. Die Post

Qu'y a-t-il pour que tu battes si fort,
Mon cœur ?
…
Quelle étrange inquiétude te ronge,
Mon cœur ?
Voici que de la ville vient le messager postal
De la ville où j'avais une bien-aimée,
Mon cœur !
Voudrais-tu jeter un regard vers là-bas
Et t'inquiéter de son sort
Mon cœur ?

Voyage d'Hiver. La Poste

— Je suis tout de même étonné, Mathias, que ton aventure forestière d'hier t'ait tellement impressionné. Ce genre de pratique me paraît assez banal. Mais je suis un vieux routier, enfin… au sens figuré… J'en ai vu d'autres et de plus bizarres. En revanche, ce qui m'a frappé, c'est la ferveur quasi mystique avec laquelle tu racontes la chose. Tu parles de cette femme comme d'une apparition, une sorte de Madone de la pignole, douce, radieuse et magnanime.

— C'est ainsi que je l'ai perçue… enfin, pas sur le moment, parce que j'étais plutôt sidéré. Mais lorsque je l'ai vue partir en tenant son zigoto par la main, je me suis dit qu'une femme capable d'un tel acte pour l'homme qu'elle aime ne peut être qu'une sainte. Sur la route du retour j'ai pas mal gambergé et j'ai fait le bilan de ma situation conjugale, professionnelle et tout le reste. Ma femme ne me dit même plus bonjour quand nous nous croisons dans la cuisine à l'heure du petit déjeuner. Alors, comparé à cette…

— Mathias, Mathias, reviens un peu sur la terre des « pauvres pécheurs » comme disaient les soutanosaures du temps de ma jeunesse, dans cette « vallée de larmes » où chacun fait comme il peut pour résoudre ses problèmes. Pour certains, ça semble plus difficile que pour d'autres. Cette ménade menant son vieux berger dans une forêt où rôdent de jeunes faunes au garde-à-vous, incarne à tes yeux l'amour absolu. Soit ! Mais on peut voir la chose différemment. A mon avis, ta nymphe est tout simplement une exhibitionniste, qui dans ce jardin pour grands enfants trouve son compte tout autant que son bonhomme. Je ne suis pas la personne la plus qualifiée pour parler des couples car, sauf à quelques rares exceptions, j'ai toujours vécu solitaire. L'alchimie du couple demeure pour moi une énigme que les interprétations sexuelles, morales ou religieuses ne m'ont jamais permis de résoudre.

— T'as peut-être raison. Faut croire que dans certains domaines je suis terriblement naïf.

— Non, pas naïf. Je dirais plutôt que tu es pur, s'il est encore permis d'employer cet adjectif de nos jours. C'est d'ailleurs ce qui fait ton charme : une pureté sauvage, farouche et préservée de toutes les formes de corruption.

— Tu idéalises !

— Non, je ne crois pas. Je ne sais pas grand-chose de toi, mais c'est ainsi que je te devine. J'ai toujours préféré les purs aux roués, sans doute parce qu'il s'agit d'une espèce en voie de disparition. L'avenir appartient aux roublards, aux tricheurs plus qu'aux ermites des bois dans ton genre. Tu parles de la forêt en mystique. Je suis persuadé que si ta partouze s'était déroulée, non pas dans une clairière mais sur un parking bétonné de banlieue, tu aurais vu ça d'un tout autre œil. Tu perçois le monde à travers des références mythologiques, le bestiaire secret des tsiganes, la forêt sanctuaire, ta sensibilité à fleur de peau, le poil hérissé du « lovenito » quand le soleil d'hiver se noie dans la brume... Tu es un enfant sauvage qui a grandi mais qui a conservé ses mystères. Un état de grâce primitif inaltéré, si on peut employer un terme chrétien dans un contexte aussi païen.

— Mais pourquoi va-t-elle dans les bois plutôt que dans une zone de drague en ville ? Y a peut-être une raison...

— Ecoute, Mathias, je ne prétends rien, mais à mon avis si elle vient là, c'est parce que c'est plus discret, que l'endroit est connu et fréquenté par toutes sortes de clients... Ne le prends pas mal, mais je voudrais te demander quelque chose. Tu m'as confié ce matin que ta femme était toujours prête à grimper dans un camion. Ce sont tes propres termes. Pour moi ça signifie plus ou moins qu'elle est nymphomane. Alors, dis-moi, par amour accepterais-tu de l'accompagner au bois pour qu'elle y trouve son plaisir, et lui tiendrais-tu la main pendant que des camionneurs espagnols ou bavarois se répandent devant elle ?

— Certainement pas ! Rien que d'y penser...

— Tu le ferais, si toi aussi tu y trouvais

ton compte. Mais tu ne manges pas de ce pain-là. Eh bien, c'est pareil pour ta Madone des verdures. T'as qu'à demander à Marlène ce qu'elle en pense.

— Je l'ai fait. Elle m'a répondu la même chose que toi, mais en plus direct : « Cette nana, c'est une vicelarde, pas une sainte. T'as pas besoin d'un truc aussi tordu pour justifier ton départ. Quitte Zornhof parce que t'en as marre, que t'es jeune et libre. C'est tout. »

— Elle a raison, Mathias. Cela dit, sans le savoir, tu as réalisé un des rêves des surréalistes. La femme nue dans la forêt, un fantasme récurrent chez ces cocos. Je ne sais plus lequel raconte dans ses souvenirs que lorsqu'il se baladait avec Breton dans une forêt, ils espéraient rencontrer une femme nue. Magritte en a fait un tableau, avec les photos de toute la bande, yeux fermés, qui s'intitule *Je ne vois pas la femme cachée dans la forêt*. Ben, toi au moins, tu l'as vue, petit veinard !

⋆

L'auberge était presque vide. Un jeune homme grand, fort, rose et blond, s'empiffrait de tartes flambées en compagnie d'une gamine de seize ou dix-sept ans, une petite musaraigne jolie et pointue qu'il appelait sa « poupée d'amour ». Leurs casques de motards brillaient sur la table comme deux œufs de Pâques bleus, un gros décoré d'une mygale à tête humaine et un petit, avec un papillon jaune. Ils n'étaient pas du coin. Ils dînaient sans se quitter des yeux, seuls au monde, riant et ne se grisant que d'eux-mêmes. Deux tables plus loin, seul celui-là, un type las, semblant porter un deuil perpétuel, mangeait un bol de soupe en jetant de temps en temps un regard désespéré vers le jeune couple. Schott réalisa que l'homme n'avait sans doute pas de dents, car chaque fois qu'il prenait une cuillerée en bec, ses babines clapotaient de façon obscène.

Vers neuf heures une pluie violente s'est abattue sur les carreaux des fenêtres et le vent s'est levé, bientôt changé en bourrasque. Une porte a claqué à l'étage et les chiens ont aboyé.

— Je vais voir ce qui se passe là-haut. Et vous, les enfants, est-ce que vos motos sont à l'abri ? Vous devriez les mettre sous le hangar.

Quand Marlène a ouvert la porte de l'étage, un rugissant courant d'air s'est engouffré dans la salle. Le motard venait de sortir sans fermer la porte. Schott fut pris de vertige. Il eut soudain l'impression que les murs de l'auberge tanguaient, s'éloignaient jusqu'à devenir flous, puis revenaient à leur place. Mais alors, c'était le sol qui se dérobait sous ses yeux. Une douleur aiguë lui poignardait la poitrine et les entrailles. Il allait tourner de l'œil. Alors Mathias s'est précipité pour lui relever la tête et le soutenir.

— Qu'est-ce qui t'arrive, Henri ? T'es tout pâle. J'ai cru que tu allais t'écrouler.

La petite musaraigne a quitté sa table.

— Ça ne va pas, monsieur ? Attendez, mon ami est infirmier, je vais l'appeler.

A demi dans les vapes, Schott entendait une voix qui hurlait par-dessus les grondements du vent : « Benoît, Benoît, ramène-toi vite ! » Mais c'est Marlène qui a dévalé l'escalier. Au moment où elle soulevait Schott avec l'aide de Mathias, l'infirmier est rentré, ruisselant.

— Laissez-moi faire, madame, j'ai l'habitude.

— Reste ici, Mathias, je monte avec eux. Attends-moi.

De retour en salle, le garçon blond est allé vers Mathias.

— C'est un parent à vous ?

— En quelque sorte, oui.

— Alors vous devriez faire quelque chose. Cet homme est gravement malade, il faut l'hospitaliser.

— Qu'est-ce qu'il a ?

— Vous pourrez le lui demander tout à l'heure. Ça devrait aller, d'ici un moment la crise sera passée. J'ai trouvé des médicaments éloquents dans ses affaires.

★

Elle serrait ses deux mains dans les siennes et ne les lâchait que pour lui caresser le front et les joues. Les yeux vitreux, il hoquetait en secouant la tête et prononçait des paroles incohérentes : « … je viens de rentrer de l'école… cette maudite pluie ne s'arrêtera jamais… maman, maman ! ne la laissez pas sous la pluie ! »

— Henri, je suis là, tu n'as rien à craindre !

Mais il continuait de délirer. Il a éclaté de

rire en hurlant : « Métastase, Métastase ! Un grand poète italien, ce Métastase ! Saloperie... Tout ça c'est ta faute... Une honte, écrire des vers avec un blase pareil... » Et soudain, il s'est redressé sur son lit comme sortant d'un cauchemar.

— Marlène, que s'est-il passé ?

— T'as eu un petit malaise. C'est rien, c'est fini maintenant. Je descends retrouver Mathias. Rejoins-nous dès que tu pourras, on en est encore aux entrées.

Le vent soufflait de plus en plus fort. Schott crut entendre des craquements sourds venant de la forêt. Les bas-rouges, serrés l'un contre l'autre, étaient couchés au pied du lit, la tête coincée sous le sommier comme s'ils pressentaient un orage. Il est allé dans la salle de bains pour se rincer le visage et boire deux verres d'eau glacée. Bizarrement, alors qu'il partait en lambeaux et le savait, il fut pris soudain d'une fièvre d'écrire. Il sentait en lui comme un énorme flot, une force stupéfiante qui lui ordonnait d'aller au cœur des choses, en puisant dans sa propre substance.

Ei Tränen, meine Tränen, und seid ihr gar so lau,
Dass ihr erstarrt zu Eise, wie kühler Morgentau?
Und dringt doch aus der Quelle der Brust so glühend heiss,
*Als wolltet ihr zerschmelzen des ganzen Winters Eis** *!*

Il a débouché le flacon de parfum syrien, l'a appuyé contre sa narine et aspiré une grande bouffée de rose de Damas, comme une illusion de mai en plein milieu d'un hiver dont il ne verrait pas la fin.

★

L'édenté s'était enfui à peine la dernière cuillerée de soupe avalée. Il ne craignait ni le vent ni la pluie, avait-il précisé, lorsque Mathias s'était inquiété de le voir prendre la route. Après son départ Marlène a bouclé l'auberge et éteint les lumières extérieures.

* « Ah, pleurs, mes pleurs, seriez-vous à ce point refroidis, / que vous vous figiez en glace comme la fraîche rosée du matin. / Pourtant vous jaillissez si brûlants de mon cœur / comme si vous vouliez faire fondre toute la glace de l'hiver. »

— Ça suffit pour aujourd'hui, restons entre nous.

Elle a invité le jeune couple à se joindre à eux en attendant la fin de la tempête. La soirée fut gaie. Personne n'évoqua son malaise et Schott vécut cette veillée comme une fête. Mais dans le regard de Mathias il vit une tristesse que le jeune homme essayait de dissimuler par des diversions crispées et maladroites, des agaceries avec son chien ou des plaisanteries avec Marlène. Le vent tomba peu après minuit.

*

Marlène s'est allongée contre lui. Doucement, comme on ferait d'un enfant, elle a soulevé la tête de Henri et l'a posée sur son bras, tout contre son sein.

— Ne dis rien, Henri. Tu n'as pas besoin de me fournir d'explications. Tu vas partir, n'est-ce pas ? Quand tu es revenu à table, j'ai compris que ta décision était prise. Mais je veux te dire une seule chose : tu n'es pas obligé de partir. Tu peux rester avec moi aussi longtemps que…

— Jusqu'à la fin ? Je sais. Mais toi aussi tu sais que je ne puis accepter ta proposition.

Ah, Marlène ! Le bonheur, c'est pas gai tous les jours, me disais-tu hier. Ben, si tu veux mon avis, le malheur non plus ! Si j'étais encore en mesure de faire des projets, je t'aurais dit : ferme boutique, vends l'auberge et quitte une fois encore la Lorraine, pour de bon cette fois. Partons ensemble au Canada, tu y feras des tartes flambées pour les ouvriers du fils Lambour, et puisqu'il est trop tard pour nous deux d'avoir des enfants, nous adopterons Mathias et son frangin. J'écrirai des romans pleins de neige et de chiens de traîneaux. Qu'est-ce que t'en dis, Fleur-de-Bourrache, ma rose de Damas, ma cow-girl bien-aimée ?

— Je te dis que c'est exactement comme si on l'avait fait. On l'a fait en raccourci, mais on l'a fait. Parole de vieille noceuse, les fêtes les plus réussies sont souvent les plus courtes. Faudrait toujours quitter le festin quand le plaisir est entier. Nous deux, c'était bigrement bien, tu ne trouves pas ?

— Et comment ! J'ai jamais connu mieux.

Avant de s'endormir, Marlène a pensé à son mari américain, ce brave vieux Harry. Vivait-il toujours ? Elle a pose un baiser sur le front de Henri Schott en se disant : « bientôt je serai vraiment veuve, et jusqu'à la fin de ma vie je porterai le deuil de cet homme-là. »

⋆

Cette fois Schott n'a pas bifurqué en direction de Sarrebourg. Il a filé tout droit sur la route de la vallée en longeant la Zorn, le canal de la Marne au Rhin et la voie ferrée. Les quatre tracés se frôlent et parfois se croisent pendant une trentaine de kilomètres, confinés étroitement entre les falaises de grès et des éminences boisées couronnées, çà et là, de ruines médiévales. Ils traversent plusieurs bourgs, côtoient des maisons éclusières, des petites gares, s'écartent parfois les uns des autres lorsque la vallée s'élargit pour se resserrer presque aussitôt et, ainsi acoquinés, dévalent en pente douce jusqu'à la trouée de Saverne où commence la plaine d'Alsace. A cet endroit la route expire, la Zorn reprend sa liberté pour folâtrer toute seule, mais le canal et la voie ferrée continuent ensemble, parce que les ingénieurs l'ont voulu ainsi. Saverne, où il n'était jamais revenu, lui apparut comme une très jolie ville, presque trop jolie pour être vraie. Un décor de livre d'enfants de jadis, une petite Cocagne.

Schott ne s'y est pas arrêté. Après le grand bassin à péniches qui borde la façade arrière du palais des Rohan, il a suivi la Zorn en direction des villages de la plaine, pour la dernière étape de son voyage, la plus amère, celle qu'il avait différée depuis toujours.

★

Le somnifère pris la veille lui avait permis de dormir jusqu'à dix heures du matin. A son réveil, la maison était déserte. Avant même de déplier la lettre que Marlène lui avait laissée sur le chevet, il avait compris qu'elle était partie pendant son sommeil pour leur épargner les adieux. L'enveloppe contenait aussi un billet de Mathias et une amulette cousue dans une minuscule pochette de soie. « Merci, Henri, tâche de venir un de ces jours au Canada. Je te laisse ce grigri. Il vient de ma mère, la bonne sorcière. Je suis persuadé qu'il te portera chance. »

Marlène s'en est tirée sans attendrissement ni regrets. Exactement ce qu'il attendait d'elle : « Excuse-moi, cousin, si ce matin je ne t'apporte pas de petit déjeuner au lit. C'est lundi, mon jour de fermeture, et j'en ai profité pour rendre service à un petit gars qui avait besoin d'un chauffeur pour le conduire à l'aéroport de Roissy. Ça n'est pas la porte à côté ! Mathias ne voulait pas rester un jour de plus à Zornhof. Hier soir, quand il nous a quittés, il est allé dormir chez un de ses copains de Phalsbourg. Il a téléphoné à son frère au Canada. Une heure plus tard, le frangin l'a rappelé pour lui annoncer qu'un billet d'avion l'attendait à Roissy pour un vol du lendemain soir et que le voyage était également payé pour Django. Et voilà l'travail ! Partis tous les deux sans laisser d'adresse. J'aime autant te dire que ça va chauffer du côté des bielles et des joints de culasse dans les hangars des Heng. La vieille va en avaler son crucifix. Tu peux pas savoir comme je suis contente d'être complice de cette cavale. Fais comme chez toi, les chiens sont dans l'enclos des chevaux. Sois gentil de leur filer à manger en fin de matinée. Je ne rentrerai pas avant six ou sept heures ce soir. Si tu pars, jette la clef dans la boîte aux lettres. J'ai un double. Si tu restes, je serai la plus heureuse des bergères du canton. Dans les deux cas, je t'aime, et t'aimerai toujours. Ta Bourrache. »

Le ton de la lettre lui avait facilité l'appareillage. Comme certains se médicamentent avec de fortes doses de nostalgie, Schott se laissait parfois aller à s'apitoyer sur lui-même. Pas de ça chez nous, cousin ! voulait dire Marlène. La fille au lasso, cigarette au coin des lèvres, bien campée dans ses santiags, ne l'avait pas quitté pendant le trajet vers l'Alsace. Il avait glissé sa lettre dans la poche de son tee-shirt, là où battait son cœur, et c'était comme si Marlène était assise à ses côtés dans la voiture.

⋆

Il eut beaucoup de mal à reconnaître son village natal. Le petit bourg, où juste après la guerre respiraient six cents âmes, s'était changé en importante agglomération avec des quartiers pavillonnaires et des zones industrielles. A côté de l'église, l'école communale où il avait appris à lire était désaffectée. Près de la nouvelle zone résidentielle, un complexe scolaire avec bibliothèque municipale et aménagements sportifs accueillait aujourd'hui les petits-fils de ses anciens camarades de classe.

Il essaya en vain de se rappeler quelques noms, comme si sa mémoire avait escamoté les années de première enfance. On avait rasé sa maison avec toutes celles de cet ancien quartier pauvre situé entre la voie ferrée et le canal. Il fut presque soulagé en découvrant qu'ici du moins il ne restait plus trace de son passé. Disparu aussi, le jardin ouvrier où, revenant un soir de l'école sous une pluie glaciale, il avait trouvé sa mère pendue. Le secteur n'était plus que pelouses, arbres ornementaux, agences et prétentieux bureaux. Il remonta par la rue principale qui avait conservé quelques maisons et cours de fermes anciennes, et se dirigea vers les collines où jadis les carrés de blé et de luzerne alternaient avec des prairies plantées d'arbres fruitiers. Là aussi tout était neuf. Une cinquantaine de maisons, style demi-luxe, avec jardinets, rocailles et fers forgés, occupaient les arpents où, caché dans les blés, il avait entendu pour la première fois le cri des cailles. Comme pour attester son souvenir, la rue neuve s'appelait rue des Cailles. « Mais les cailles se sont envolées depuis longtemps, tout comme les tourterelles et les jolies perdrix, se dit le pèlerin, et moi je ne serai plus nulle part quand les lilas refleuriront. »

Le pronostic ne l'attristait même plus. Il était résigné, presque en paix, comme un homme ayant définitivement jeté l'éponge et qui découvre dans l'abdication une nouvelle forme de volupté. Alors, l'ultime visite qu'il s'apprêtait à accomplir, une épreuve hier encore au-dessus de ses forces, lui apparut presque comme une simple formalité à expédier avant de reprendre la route.

En haut de la rue des Cailles, il prit à gauche en direction des grands cyprès. Le petit cimetière d'autrefois avait pris de l'extension à l'instar du village, et selon les mêmes canons esthétiques : faux luxe, calme et propreté ! A droite du portail d'entrée, un panneau affichait *Parking pour les visiteurs*, avec un pictogramme interdisant de klaxonner.

— Et pourquoi pas *Parking réservé aux clients* et *Silence, ne réveillez pas les morts* ?

L'aire goudronnée était déserte. Par dérision, il s'est garé sur un emplacement destiné aux handicapés. Avant de quitter la voiture, il a pris dans son portefeuille une des petites photographies de sa mère que Baba avait sauvées pour lui. Une jolie fille blonde couchée dans l'herbe devant les blés mûrs. Quels liens, quelles traces, quels remords et peines l'attachaient encore à cette jeune femme souriante ? De sa mère, il ne gardait que de fugaces images, mais aucun vrai souvenir : un bal de 14 Juillet à la Faisanderie, une auberge de forêt, quand elle valsait dans les bras du cantonnier, sa mère à bicyclette traversant le pont du canal, les œufs de Pâques dénichés sous la rhubarbe quand elle l'encourageait avec des « Tu brûles, Henri ! Maintenant tu refroidis ! », sa mère pleurant à genoux devant la Zorn où elle rinçait son linge, ou encore ivre morte sur une banquette du Sapin vert, un bistrot crasse. Et la dernière vision, celle de la pendue, qui avait supplanté toutes les autres et qu'il avait refoulée pendant quarante années de deuil.

Il jeta un coup d'œil sur le panorama, les villages de la plaine, Saverne en grisaille devant les montagnes, la silhouette du rocher du Haut-Barr, et plus près, au pied du versant est de la colline, intacte, la peupleraie marécageuse envahie de roseaux où il capturait des têtards pour la leçon de choses de l'école communale.

Le portail à peine franchi, il comprit la vanité de ce dernier pèlerinage. Chercher une tombe négligée pendant presque un demi-siècle dans un clamart où plastronnent de prétentieux granits, une tombe sans doute abolie parce que sans concession ? Schott préféra renoncer à cette ultime station. Il lui restait un mois et demi de sursis, deux peut-être, juste assez pour offrir à sa mère un livre tombeau, un livre écrit pour elle, pour elle et pour tous les autres, Baba, Gus, Marlène et Mathias.

★

Il a repris la route avec Schubert, « Etranger je suis venu, étranger je m'en retourne… » Non, pensa-t-il, cette fois je ne repars pas comme un étranger. J'ai réussi à faire la paix avec le plateau lorrain. Je me tire pour de bon, mais mon cœur et ce qu'il me reste de vie demeurent sur les hauteurs de Zornhof, dans le vent qui s'engouffre sous les sapinières, dans l'âme des vieux rochers de grès, dans la sève qui bientôt montera dans les peupliers de la Zorn, dans les cris de la buse et les plaintes des ramiers et aussi, pour longtemps, dans le cœur d'une femme.

★

En dépassant Phalsbourg puis Sarrebourg, il a serré les dents pour ne pas bifurquer en direction du Chat rouge. Un épais brouillard est tombé sur la région. Schott l'a accueilli comme une dernière grâce : « C'est mieux ainsi, je pars sans revoir le pays, déjà je n'y suis plus… Marlène, nos voitures vont se croiser sur cette autoroute, quelque part dans la mouscaille. Ne roule pas trop vite… »

Le soir il prit une chambre dans un hôtel d'Orly.

★

Sept mois plus tard, quand les colchiques firent leur apparition sur les prairies, Marlène reçut le livre. Il était titré *Zornhof*. Une bande rouge ajoutait *Testament d'un bâtard*. La quatrième de couverture précisait que ce roman testament était le dernier ouvrage de Henri Schott, mort à Alep en avril, à l'âge de cinquante-neuf ans.

Alep février 2003 – Pron janvier 2004.

Impression réalisée sur CAMERON par

BUSSIÈRE CAMEDAN IMPRIMERIES

GROUPE CPI

à Saint-Amand-Montrond (Cher)
en septembre 2004
pour le compte des Éditions Grasset,
61, rue des Saints-Pères, 75006 Paris.

N° d'édition : 13436. — N° d'impression : 043649/4.
Première édition : dépôt légal : août 2004.
Nouveau tirage : dépôt légal : septembre 2004.

Imprimé en France

ISBN 2-246-65211-1

12. 04. Ober

R. et L. EDEL
3, rue des Violettes
67205 OBERHAUSBERGEN